연암 산문집

청소년들아, 연암을 만나자

연암 산문집

박지원 글 | 홍기문 옮김 | 박종오 다시쓰기

보리

차례

2부 옛것을 배우랴 새것을 만들랴

3부 나는 껄껄 선생이라오

우리 고전 깊이 읽기

1부 양반이 한 푼도 못 되는구려

허생전

허생은 묵적골(지금의 서울 묵정동)에서 살았다. 남산 바로 밑까지 곧추 닿고 보면 거기 우물 턱 위에 늙은 살구나무가 섰고 바람비를 가리지 못하는 두어 칸짜리 초가집이 이 나무를 향하여 사립을 열고 있다. 그러나 이 집 주인인 허생은 글 읽기만 좋아할 뿐, 그의 아내가 남의 바느질품을 팔아 입에 풀칠하는 형편이었다.

하루는 그 아내가 배가 고파 못 배겨 눈물을 지으면서 물었다.

"당신은 평생에 과거 한 번 보지 않으면서 글은 읽어 뭣 하겠소?"

허생은 웃으면서 말했다.

"내가 아직 글을 못 다 읽었소."

"그러면 장인바치 노릇이라도 해 보지요?"

"장인바치 일은 본디 배운 적이 없으니 어떻게 하겠소?"

"그러면 장사라도 해야지요."

"그 또한 딱한 말이오. 밑천 없는 장사를 어떻게 하겠소?"

아내는 화를 바락 내면서 목소리를 높였다.

"아니, 그래! 밤낮없이 글을 읽어 배웠다는 것이 고작 '어떻게 하겠소?'란 말뿐이오? 장인바치 노릇도 못 한다, 장사도 못 한다, 그러면 도적질이라도 해 봐야 하지 않겠소?"

허생은 책을 덮고 일어서면서 말했다.

"애석하구나. 내가 애초에 십 년 동안 글공부를 하기로 작정을 했었는데 이제 겨우 칠 년밖에 지나지 않았도다."

그러고는 사립을 나섰다. 그러나 허생은 아는 사람이 한 사람도 없었던지라 곧장 운종가로 가서 거리 사람들을 붙들고 물었다.

"여보시오, 한양성에서 제일가는 갑부가 누구요?"

누군가 변 씨가 제일가는 부자라고 말해 주어 그는 곧장 변 씨 집을 찾았다. 변 씨를 만난 허생은 넌지시 읍*을 하고는 다짜고짜로 말했다.

"내가 무얼 좀 시험해 볼 일이 있는데 집이 가난해서 그러니 내게 돈 만 냥만 꾸어 주시우."

그러자 변 씨는 선뜻 대답했다.

"좋소! 그러시우."

그러고서는 선 자리에서 즉시 돈 만 냥을 내어 주었다. 그러나 허생은 끝내 고맙다는 한마디 말도 없이 어디론가 가 버렸다. 그 자리에 같이 있던 변 씨의 자제들과 문객들은 허생을 속절없는 비렁뱅이로 보았다. 허리띠는 해어져 속실이 이삭 패듯 나왔고, 가죽신 뒤축은 짜그라지고, 갓모자는 주저앉고, 중치막 자락은 구질구질했는데, 코에서는 멀

---

* 읍은 인사하는 예의 하나. 두 손을 맞잡아 얼굴 앞으로 들어 올리고 허리를 앞으로 공손히 구부렸다가 몸을 펴면서 손을 내린다.

건 콧물이 뚝뚝 떨어졌다. 그 비렁뱅이 같은 허생이 돌아간 뒤에 모두들 눈이 휘둥그레지면서 변 씨에게 물었다.

"대관절 그 손이 누구인지 잘 아십니까?"

"모르네."

"생전 본 적 없는 모르는 사람에게 갑자기 돈 만 냥을 허공에 대놓고 던져 내주면서 이름 석 자도 안 물어보니 대체 무슨 까닭이십니까?"

"자네들은 모르는 소리 하지 말게. 대체로 남에게 아쉬운 소리를 하는 자는 언제나 제 뜻을 떠벌려 먼저 신의를 자랑하려 하는 법이네. 그러면서 언제나 얼굴빛이 비굴하고 말이 중언부언한단 말이야. 그렇지만 아까 그 손님은 비록 옷과 신발이 허술하기는 하나 말이 간결하고 눈초리에 뱃심이 나타나고 얼굴에는 수줍은 빛이 없었네. 이런 이는 재물이 없어도 스스로 만족할 줄 아는 법이지. 그가 시험해 본다는 일이 분명 하찮은 일은 아닐 터이니, 나 또한 그 손을 한번 시험해 보고 싶었다네. 안 주면 몰라도 돈 만 냥을 이미 주겠다고 작정한 바에야 그의 이름은 알아서 무엇 할 것인가?"

한편, 돈 만 냥을 얻어 가지고 변 씨 집을 나선 허생은 집으로 돌아가지 않았다. 안성이 경기도와 충청도의 접경이요, 삼남*의 길목이라고 생각한 허생은 이곳에 자리를 잡고 장사를 시작하였다. 허생이 대추, 밤,

---

* 삼남은 경상도, 충청도, 전라도를 함께 이르는 말.

감, 배, 석류, 감자, 귤 따위를 시가의 배 값으로 사서 쌓아 두자 온 나라에 잔치며 제사에 쓸 과일이 바닥나 버렸다. 결국 허생에게 값을 배로 받아 갔던 장사치들이 이번에는 열 배 값을 내고 되사게 되고 말았다.

허생은 이것을 보고 길게 탄식하였다.

"겨우 돈 만 냥으로 나라 경제를 흔들었으니 우리나라의 바닥을 짐작할 만하구나!"

허생이 이번에는 칼, 호미, 삼베, 무명 등 피륙을 가지고 제주로 들어가 말총을 있는 대로 끌어모았다.

"몇 해를 못 가서 온 나라 사람들이 머리를 싸 동이지 못할 것이다."

허생의 예측대로 과연 얼마 안 되어 망건값이 열 배로 뛰어올랐다.

어느 날 허생이 바닷가로 가서 늙은 사람을 보고 물었다.

"여보 노인장, 바다에서 멀리 떨어져 나가 살 만한 빈 섬이 어디 없겠소?"

"있습니다. 일찍이 제가 풍랑에 휩쓸려 서쪽으로 사흘 동안 표류해가서 어떤 빈 섬에서 하룻밤 묵은 적이 있었는데, 거기가 아마도 사문과 장기* 사이인 듯합니다. 꽃과 나무가 저절로 피고 나무 열매, 풀 열매가 저절로 익고 사슴이 떼를 지어 다니며 한가로이 노니는 물고기가 놀라 달아나지 않는 아름답고 평화로운 곳이었습니다."

---

* 사문은 지금의 중국 마카오 또는 중국 푸젠성 샤먼으로 추정. 장기는 지금의 일본 나가사키.

"만약 그대가 길잡이를 해 준다면 나와 같이 부귀를 누릴 걸세."

사공은 허생의 말을 좇아서 곧 좋은 바람을 타고 동남으로 향하여 그 섬에 닿았다. 허생은 높은 둔덕에 올라 한참 바라보더니 서글픈 기색으로 말했다.

"땅이 천 리도 못 되니 무엇을 해 볼 것인가? 그래도 흙이 기름지고 샘물 맛이 좋으니 부잣집 주인 늙은이 노릇쯤은 할 수 있겠구나!"

조금 뒤 사공이 물었다.

"사람 없는 빈 섬에 누구와 함께 산단 말입니까?"

허생이 대답했다.

"덕이 있는 곳에 사람이 붙는 법이거든! 덕이 없는 것을 걱정할 일이지 사람 없는 걱정이야 할 것 없네!"

이때 변산에는 도적 떼가 수천 명이나 몰려 있었다. 지방 관청에서는 군사를 풀어놓아도 잡을 수가 없었다. 도적 떼도 역시 밖으로 나와서 노략질을 못 하고 바야흐로 주려서 곤경에 빠진 터였다. 허생이 그들을 찾아가 우두머리에게 물었다.

"자네들에게는 아내가 있나?"

"없소이다."

"그러면 논밭이 있나?"

도적들은 비웃었다.

"아내가 있고 논밭이 있으면 뭐가 답답해서 도적질을 한단 말이오?"

이에 허생이 말했다.

"그 말이 맞다! 그러면 왜 장가를 들어 집을 짓고, 소를 사고, 농사를 지으며 살지 않는가? 그렇게 하면 도적이라 불리지 않고 쫓기거나 붙들릴 걱정도 없이 그저 편히 앉아 부부의 낙을 즐기면서 길이 잘 먹고 잘 입으며 살지 않겠는가?"

"어째서 그 짓을 마다하겠소? 다만 돈이 없을 따름이오."

허생은 껄껄껄 웃으며 말했다.

"자네들은 도적질한다는 사람들이 어째서 돈 걱정을 하나? 내가 자네들을 위해 그 정도 돈은 마련해 줄 수 있네. 내일 바다에 나가 보면 붉은 깃발을 단 배가 모두 돈을 실은 배일 터이니, 마음대로 가져들 가게!"

허생이 도적 떼와 약속을 하고 간 뒤에 도적들은 모두 그를 미친 사람이라고 비웃었다. 이튿날 도적들이 바다에 나가 보니 과연 허생이 돈 삼십만 냥을 배에 싣고 왔다. 모두들 눈이 휘둥그레져 죽 늘어서서 절을 올렸다.

"그저 장군의 명령대로 하오리다."

허생이 그들에게 말했다.

"그저 힘대로들 지고 가게나."

이에 도적들이 앞다투어 돈 짐을 지는데, 애달프게도 한 사람이 백 냥 더는 지지 못하였다. 그 모습을 본 허생이 말했다.

"자네들이 힘이 부족해서 겨우 백 냥밖에 들지를 못하니 그러고서야 무슨 도적질을 하겠나. 비록 자네들이 지금 평민이 되고 싶다 해도 이름이 도적의 명부에 실려 있으니 돌아갈 곳이 없지 않은가. 내가 여기서 기다릴 터이니 자네들은 각각 백 냥씩만 가지고 가서 아내 한 사람과 소 한 마리씩만 데리고들 오게나."

도적들은 그러겠노라 대답하고는 곧 흩어져 버렸다.

허생은 이천 명이 한 해 동안 먹을 양식을 준비해 두고 기다렸다. 때가 되자 도적들은 한 사람도 빠짐없이 모두 돌아왔다. 허생은 그들과 함께 배를 타고 빈 섬으로 들어갔다. 이처럼 허생이 도적 떼를 데리고 사라진 뒤에 온 나라가 비로소 마음을 놓았다.

섬에 도착한 그들은 나무를 베어 집을 짓고 대를 엮어 바자를 만들었다. 아직 손도 대지 않은 비옥한 생땅이라 백 가지 씨앗이 무성하고 묵밭 새 밭 가릴 것 없이 한 줄기에 아홉 이삭씩이나 여물었다. 그해에 세 해 먹을 양식을 저장하고는 남은 곡식을 몽땅 배에 실어 장기로 가서 팔았다. 장기란 땅은 일본에 딸린 고을로서 호수가 삼십일 만인데, 때마침 큰 흉년이 들었던 터라 허생은 이 곡식을 풀어서 은 백만 냥을 얻었다. 허생은 탄식하며 말했다.

"이제야 내가 시험을 조금 해 보았구나!"

이윽고 허생은 남녀 이천 명을 죄다 불러 놓고 당부했다.

"처음 자네들과 함께 이 섬에 들어올 때 나는 먼저 살림살이부터 풍족하게 만든 뒤에 따로 글자도 만들고 제도도 장만할 작정이었지. 그런데 막상 들어와 보니, 땅은 작고 내 덕 또한 얕기만 하여 나는 오늘로 이 섬을 떠나려 하네. 부디 아이를 낳거든 오른손으로 수저를 잡도록 가르치고, 하루라도 먼저 태어난 사람에게 양보해서 먼저 먹도록 가르치게."

그리고 다른 배들을 죄다 불사르고는 말했다.

"안 가면 못 오겠지!"

또 은 오십만 냥을 바다에 던져 넣고는 말했다.

"바다가 마를 때는 가지는 자가 있겠지! 백만 냥이라면 이 나라가 감당하기 어려운 돈일 터인데 하물며 이렇게 작은 섬에서랴!"

그러고는 글 아는 자들을 모조리 배에 태워 데리고 나오면서 말했다.

"이 섬이나마 화근을 끊어야만 하지!"

섬을 나선 허생이 온 나라 안을 두루 돌아다니면서 가난한 사람과 의지할 데 없는 사람들을 고루 구제하였으나 그의 수중에는 아직도 십만 냥이 남아 있었다.

"음, 이 돈은 변 씨에게 갚아야 되겠군!"

허생은 이렇게 말하고 변 씨를 찾아가서 물었다.

"나를 기억하겠소?"

변 씨는 깜짝 놀라서 대답했다.

"당신의 얼굴빛이 옛날보다 조금도 나은 데가 없으니 혹시 만 냥 돈을 날리지나 않았소?"

허생은 웃으면서 말했다.

"재물 때문에 얼굴이 돋보이는 것은 그대들 일일 것만 같소. 만 냥 돈이 어찌 도를 살찌울 수 있단 말이오?"

허생은 곧 은 십만 냥을 변 씨에게 내어 주었다.

"내가 한때 굶주림을 견디지 못하고 글공부를 끝내지 못한 채 그대에게 돈 만 냥을 꾸게 되어 부끄러울 따름이오."

변 씨는 깜짝 놀라 일어서서 절을 하고는 사양하면서 이자는 십 분의 일만 받겠다고 하였다. 허생은 크게 화를 내었다.

"그대는 어찌 나를 장사치로 보는가!"

변 씨는 옷을 뿌리치고 돌아가는 허생의 뒤를 가만히 밟아 그가 남산 밑자락 어느 오막살이집으로 들어가는 것을 확인하고 나서, 우물 둑에서 빨래하던 노파에게 물었다.

"저 오막살이집이 뉘 집인지 아시오?"

"허 생원 댁입니다. 허 생원이 집은 가난한데도 글 읽기만 좋아하더니 어느 날 아침에 집을 나가서는 돌아오지 않은 지가 벌써 오 년이나 되었답니다. 그동안 그 아내는 남편이 집 나간 날을 제삿날로 정하고 제사를 지내왔더랬지요."

변 씨가 비로소 그 손님의 성이 허씨인 것을 알고는 한숨을 짓고 돌아왔다. 변 씨는 그 이튿날로 허생에게 받은 은을 죄다 가져다가 돌려주었다. 그러나 허생은 단호히 사양하였다.

"내가 부자가 되려고 했다면 백만 냥을 버리고 십만 냥을 가지겠소? 나는 오늘부터 그대를 의지 삼아 살아갈 터이니, 그대는 가끔씩 나를 보살펴 주시오. 그저 우리 식구 먹을 양식과 해 입을 옷감이나 보내

주면 일생을 그것으로 만족하겠소. 누가 재물 때문에 마음을 괴롭히겠소?"

변 씨가 허생을 백방으로 달래 보았으나 끝내 어쩔 수 없었다. 변 씨는 이때부터 허생의 살림살이를 대중하여 어렵다 싶으면 언뜻 가서 도와주곤 하였다. 허생은 흔쾌히 도움을 받다가도 혹시 필요 이상으로 많이 받을 때가 있으면 몹시 불쾌해했다.

"그대는 어찌 내게 재앙을 보내는 것이오?"

그러나 변 씨가 술을 들고 찾아갈 때는 매우 좋아하면서 서로 권커니 잣거니 취하도록 마셨다. 벌써 몇 해째 이리하여 둘의 정분은 날로 두터워졌다.

한번은 변 씨가 허생에게 오 년 동안에 어떻게 해서 백만 냥을 벌었냐고 조용히 물으니 허생이 말했다.

"그야 세상 쉬운 일이오. 조선은 배가 나라 밖으로 통하지 못하고 수레가 나라 안에 다니지 못해 온갖 물건이 나라 안에서 나고 나라 안에서 소비될 뿐이오. 무릇 천 냥 돈이란 그리 큰 재물이 아니라서 많은 물건을 마음껏 살 수는 없소. 하지만 이 돈을 열로 쪼개면 족히 열 가지 물건을 살 수 있소. 게다가 물건이 가벼우면 이리저리 옮기기가 쉬우므로 열 가지 물건 가운데 한 가지 물건이 비록 손해가 나더라도 아홉 가지 물건이 팔려 나가면 이익을 보충할 수 있소. 이것은 이익을 보는 안전한 방법이기는 하나 좀스러운 장사법이라오.

그런데 무릇 돈이 만 냥쯤 되면 족히 한 가지 물건은 다 끌어모을 수 있소. 그것이 수레에 실린 것이면 수레째, 배에 실린 것이면 배째, 고을에 있는 것이면 고을째 살 수 있단 말이오. 물건이란 물건은 모조리 끌어모을 수 있는 것이 마치 그물코 같다고나 할까? 육지에서 나는 물건 만 가지 중에 한 가지를 통거리로 사 두든지, 물에서 나는 만 가지 재화 중에 한 가지를 통거리로 사 두든지, 만 가지 약재 중에 한 가지를 통거리로 사 둔다면 그 한 가지 물건이 꼬리를 감추고 숱한 장사치들이 말라 버릴 것이오. 이는 백성을 해치는 장사법이니 뒷날에라도 나랏일 맡은 자가 이런 방법을 쓴다면 반드시 그 나라를 좀먹을 것이오."

변 씨가 물었다.

"애초에 당신은 어떻게 내가 돈 만 냥을 낼 줄 알고 나를 찾아와 청했던지요?"

"꼭 당신만이 아니라 만 냥을 가진 자라면 내어 주지 않을 수가 없을 것이오. 내 짐작으로 내 재주라면 백만 냥은 벌 수 있다고 생각했지마는 운수야 하늘에 있는 것이라 내가 어찌 꼭 알 수야 있었겠소? 내 재주를 알아보고 나를 부리는 자는 복 있는 자일 터이니 더욱더 부유해질 것이 분명하고 이 또한 하늘이 내린 운수일 것이오. 이러고야 어찌 돈을 꾸어 주지 않겠소? 이미 만 냥을 꾼 다음에는 돈 임자의 복을 빌려 장사를 한 셈이니 손만 대면 성공하게 되었던 말이오. 만약에 내 돈으로 장사했다면 성공과 실패를 단정할 수 없었을 것이오."

변 씨는 다시 물었다.

"지금 사대부들은 남한산성의 치욕*을 씻으려 하고 있소이다. 이야말로 뜻있는 선비로서 한번 팔뚝을 걷고 지혜를 짜낼 때입니다. 그런데 당신같이 뛰어난 재주를 가진 사람이 어찌하여 이렇게 스스로 세상 모르게 파묻혀 있단 말입니까?"

"예로부터 자취 없이 숨어 있다가 사라진 사람이 어찌 한둘이겠소이까? 적국에 사신으로 갈 만큼 빼어나지만 누더기 속에서 늙어 죽은 졸수재 조성기 같은 인물도 있고, 전란 중에 군량을 마련할 만큼 뛰어나지만 바다 한쪽 구석에서 세월을 보내다가 죽은 반계거사 유형원 같은 인물도 있소이다. 이만하면 오늘날 나라 정치를 맡아보는 사람들의 기량이 어떠할지는 짐작할 수 있지 않겠소? 나는 장사에 능한 사람이오. 그 많은 돈으로 청나라 예친왕의 머리도 살 수 있었지만 그 돈을 바다에 던지고 온 것은 쓸 데가 없었기 때문이라오."

변 씨는 크게 한숨을 쉬고 돌아갔다.

변 씨는 본디 정승 이완과 사이가 좋았다. 이완은 당시 어영대장으로 있었는데, 어느 날 변 씨에게 요즘 뛰어난 재주를 숨기고 세상에 파묻혀 지내는 사람 가운데 함께 큰일을 할 만한 인물이 없는지 물었다. 변 씨가 허생 이야기를 했더니 이완은 깜짝 놀라면서 물었다.

* 청나라가 우리나라를 침략한 병자호란을 가리킨다.

"정말 그런 인물이 있단 말인가? 이름은 뭐라 하던가?"

"소인과 삼 년 동안을 같이 지냈지만 아직 이름을 모릅니다."

"틀림없이 비범한 사람일 걸세. 이러지 말고 우리 함께 가 보세나."

그 밤에 이완은 탈것과 하인들을 물리치고 변 씨와 단둘이 걸어서 허생을 찾아갔다. 변 씨는 이 대장을 문밖에 세워 두고 먼저 들어가서 허생에게 이 대장이 찾아온 사연을 죄다 이야기했다. 허생은 들은 척도 하지 않고 말했다.

"여보, 당신 옆구리에 차고 온 술병이나 끌러 놓으시게. 한잔 맛있게 먹읍시다."

변 씨는 이 대장이 한데서 오래 서 있는 것이 민망하여 여러 번 귀띔을 했으나 허생은 듣지 않았다. 밤이 깊어서야 허생은 손님을 불러들이라고 하였다. 이윽고 이 대장이 방에 들어섰지만 허생은 앉은 채로 일어날 생각이 없었다. 머쓱해진 이 대장이 몸 둘 바를 몰라 하다가 이내 나라에서 어진 인재를 구한다는 이야기를 장황하게 늘어놓자 허생은 손사래를 쳤다.

"거 밤은 짧은데 이야기가 길어 듣기 지루하군. 당신 지금 무슨 벼슬을 하고 있소?"

"어영대장이올시다."

"그러면 당신은 나라에서 신임 받는 신하이구려. 내 마땅히 제갈량 같은 이를 추천할 터이니 당신이 임금께 청하여 삼고초려* 하도록 할 수 있겠소?"

이 대장은 고개를 드리우고 한참 있다가는 대답하였다.

"어렵습니다. 다음 계책을 말씀해 주십시오."

"나는 아직 다른 계책은 배운 것이 없소."

이 대장은 그래도 자꾸만 부탁했다. 허생이 물었다.

"명나라 장사들이 조선에 대하여는 묵은 은혜가 있다 하여 그 자손들이 많이들 조선으로 와서 홀아비 신세로 이리저리 유랑하고 있으니, 그대가 조정에 청하여 종실(임금의 친족)의 딸들을 그들에게 고루 시집보내고 훈척*과 세력가들의 저택을 빼앗아 그들에게 주어 살도록 할 수 있겠소?"

이 대장은 고개를 늘어트리고 한참 있다가는 대답하였다.

"어렵습니다."

"이것도 어렵다, 저것도 어렵다고만 하니 무엇을 할 수 있단 말이오? 여기 가장 쉬운 일이 있으니 이것은 그대가 할 수 있겠소?"

"죄송합니다. 들려주십시오."

"무릇 대의를 천하에 펼치려고 할진대 먼저 천하의 호걸들과 사귀어 결탁하지 않는 자가 없을 것이요, 남의 나라를 치려고 하면서 먼저 첩자를 보내지 않고서는 성공한 자가 없는 법이오. 지금 청나라 만주족이 갑자기 천하의 주인이 되어 중국의 다른 민족과 사이가 좋지 않

---

* 삼고초려는 인재를 맞아들이기 위해 참을성 있게 노력하는 것을 이르는 말. 중국 촉한의 유비가 제갈량에게 세 번이나 찾아갔다는 데서 나온 말이다.
* 훈척은 나라를 위하여 드러나게 세운 공로가 있는 임금의 친척.

소. 하지만 조선은 다른 나라보다 앞장서서 그들에게 복종한 까닭에 그들은 조선을 신뢰하고 있소이다.

이런 좋은 기회에 옛날 당나라, 원나라 때 그랬던 것처럼 조선의 자제들을 보내어 유학시키고, 벼슬하게 하고, 상인들이 마음대로 출입하도록 청한다면, 저들은 아마도 조선이 자기들과 친해지려 하는 것을 기꺼이 허락할 것이오. 그렇게 되면 조선의 인재들을 뽑아 머리를 깎게 하고 저들의 옷을 입혀서 그중 선비들은 저들의 과거를 보게 하고 평민들은 멀리 강남 땅까지 장사를 나가도록 힘써야 하오. 그리하여 저 나라의 허실을 엿보고 저들의 지방 호걸들과 결탁한다면 천하를 뒤집고 이 나라 조선의 치욕*을 씻을 수 있을 것이외다.

그러고는 임금을 세우되 만약 주씨*를 구해 보아도 얻지 못한다면 천하의 제후와 상의하여 좋은 사람을 하늘에 천거해야 하오. 이렇게 한다면 이 나라 조선이 크게는 대국의 스승이 될 것이요, 작게는 백구의 나라*가 될 수 있을 것이오."

이 대장은 어리둥절한 기색으로 말하였다.

"이 나라 사대부들이 모두 예법을 조심스레 지키고 있으니 누가 머리를 깎고 저들의 옷을 입으려 하겠습니까?"

허생은 화를 버럭 내면서 꾸짖었다.

---

* 병자호란을 가리킨다.
* 주씨는 명나라 황족을 가리킨다.
* 백구의 나라는 제후의 나라 가운데 가장 큰 나라.

"그래! 이른바 사대부라는 게 대체 무엇인가? 오랑캐 땅에 태어나서 스스로 사대부라며 으스대는 꼴이라니 이 얼마나 어리석은 일인가? 바지와 저고리를 온통 흰색으로 차려입으니 이것이야말로 상복이 아닌가? 머리는 또 어떠한가? 이리저리 쥐어 묶어 삐쭉하게 쪼았으니 이거야말로 남방 오랑캐의 북상투가 아닌가? 도대체 무엇이 예법이란 말인가? 번오기[*]는 사사로운 원수를 갚기 위하여 자기 머리를 아끼지 않았고, 무령왕[*]은 자기 나라를 강하게 하기 위하여 오랑캐 옷 입기를 부끄러워하지 않았거늘, 지금 명나라를 위하여 복수를 한다고 하면서 고작 그 머리칼 한 오리마저 아끼겠단 말인가? 장차 전장에 나가 말을 달리고 칼을 내두르고 창을 쓰고 돌을 날릴 궁리를 한다면서 그놈의 넓은 소매를 그대로 두는 것이 너희들이 말하는 이른바 예법이란 말인가?

내가 세 가지 계책을 말하였으되 너는 한 가지도 들을 수 없다고 한다. 그러고도 어찌 네 입으로 조정에서 신임 받는 신하라고 할 수 있느냐? 대체 신임 받는 신하 꼴이 이것밖에 안 된단 말이냐! 이 죽일 놈 같으니!"

그러고는 좌우를 돌아보면서 칼을 찾아 찌르려고 들었다. 이 대장은 얼굴빛이 하얗게 질려 벌떡 일어나서는 뒷바라지[*]를 차고 뛰어나가 갈

* 번오기는 중국 진나라 장군. 진시황에게 죄를 짓고 연나라로 도망했다. 연나라 태자 단이 진시황을 치려 할 때 도움이 되려고 스스로 목을 찔러 죽었다.
* 무령왕은 중국 춘추전국시대 조나라의 혁신적 임금.
* 뒷바라지는 방 뒷벽에 낸 작은 창.

팡질팡 집으로 돌아갔다. 이튿날 다시 허생의 집에 가 보았으나 허생은 사라지고 빈방만 덩그러니 남아 있었다.

어떤 이가 말하기를 허생이 명나라 유민이라고 한다. 1644년(명나라가 망한 해) 뒤로 명나라 사람들이 많이들 조선에 나와 살았다. 허생도 혹시 그렇다면 그 성은 허씨가 아닌 것일지도 알 수 없는 일이다.

세상에 이런 이야기가 전해진다. 판서 조계원이 경상감사가 되어 순행 차 청송에 왔을 때 길옆에 웬 중 둘이 서로 마주 베고 누워 있었다. 앞선 자가 쫓아가서 고함을 쳤으나 그들은 피하지 않고 채찍으로 쳐도 일어나지 않아 여럿이 붙들어 끌어 보았지만 꿈쩍하지 않았다. 조 공이 이르러 가마를 멈추고는 어디 사는 중들이냐고 물었다. 그랬더니 두 중들이 일어나 앉아 한결 더 뻣뻣한 태도로 눈을 흘기고 한참을 있다가, 말했다.

"너는 큰소리치며 허세를 떨고 권력에 아부한 덕에 고을 자리를 얻은 자가 아니냐!"

조 공이 중들을 보니 한 명은 얼굴이 붉고 둥글며 다른 한 명은 검고 길었다. 말하는 태가 자못 예사롭지 않아 조 공이 가마에서 내려 그들과 이야기를 하려고 하니, 중이 말했다.

"따르는 자들을 물리치고 나를 따라오라!"

몇 리를 따라가노라니 숨이 가빠지고 땀이 비 오듯 흘러 좀 쉬어 가기를 청했더니, 중이 화를 내었다.

"너는 평소에 뭇사람들에게 언제나 흰소리를 하면서 몸에는 갑옷을 입고 선봉을 맡아서 명나라를 위하여 복수하고 치욕을 씻겠다고 떠들어 대었다. 그런데 이제 몇 리 걸음도 못 걸어 한 발자국에 열 번을 헐떡이고 다섯 발자국에 세 번을 쉬려고 하니, 이러고야 어찌 요동과 계주 벌판을 말을 타고 달릴 것인가?"

이윽고 어떤 바윗돌 아래에 이르러서는 나무에 기대어 집을 만들고 땔나무를 쌓고 그 위에 거처하는 것이었다. 조 공이 목이 말라 물을 청하니, 중이 꾸짖었다.

"그렇겠지! 귀인이라 또 배도 고프겠지!"

그러고는 누런 좁쌀떡을 내놓고 소나무잎으로 가루를 내어 냇물에 타서 주었다. 조 공이 이마를 찡그리고 차마 마시지 못하고 있자니까, 중이 또다시 꾸짖었다.

"요동벌은 물이 귀하거든! 목이 마르면 응당 말 오줌이라도 마셔야지!"

그러고는 중들이 마주 부둥켜안고 엉엉 울었다.

"손 대감! 손 대감!"

이렇게 외치고는 조 공에게 물었다.

"오삼계*가 운남에서 군사를 일으키고 강소, 절강 지방이 소란한 것을 네가 아느냐?"

* 오삼계는 중국 명나라 말기 청나라에 투항하여 협력한 공으로 번왕이 된 사람. 청나라 황제 강희제가 번을 폐하려 하자 명을 재건한다는 명분을 내세우며 운남에서 군사를 일으켰다.

조 공은 들은 적이 없다고 하였다. 중들은 탄식하며 말했다.

"너는 관찰사의 몸으로 천하에 이런 큰일이 있건마는 듣지도 못하고 알지도 못하고 함부로 큰소리만 쳐서 벼슬자리만 얻었을 뿐이로구나!"

조 공이 중들에게 대관절 누구냐고 물었더니, 중들이 대답했다.

"물을 필요 없다. 세상에는 우리를 아는 자도 있을 것이다. 여기 앉아 조금만 기다려라. 우리 선생님하고 꼭 같이 와서 네게 할 이야기가 있다."

그러고는 일어나 깊은 산속으로 들어갔다. 해가 지고 오래도록 중들은 돌아오지 않았다. 이윽고 밤이 깊어 풀과 나무가 우수수 바람 소리를 내고 범들이 싸우는 소리가 들렸다. 조 공은 기겁을 하고 까무라칠 지경이었다. 때마침 여럿이 햇불을 들고 찾아온 덕분에 조 공은 머쓱해하며 골짜기를 빠져나왔다.

이 일이 있은 지 오랜 뒤에도 조 공은 언제나 자리에 있으면 마음이 늘 불안하여 가슴속에 한을 품게 되었다. 훗날 조 공이 자기가 겪은 일을 우암 송시열 선생에게 묻자, 선생이 대답하였다.

"이는 아마도 명나라 말년 총병관* 같아 보이오."

"언제나 저를 깔보고 너라고 한 까닭은 무엇일까요?"

"그들이 스스로 우리나라 중이 아닌 것을 밝히려는 거요. 땔나무를 쌓아 둔 것은 와신상담*을 한다는 뜻일 게요."

---

* 총병관은 출정하는 장수의 벼슬 이름.

"울 때는 손 대감을 찾으니 이것은 무슨 뜻일까요?"

"아마도 태학사 손승종을 가리키는 것 같소. 손승종은 일찍이 산해
관*에서 군사를 거느리고 청군과 싸운 적이 있었으니, 중들은 아마도
손승종의 부하일 것도 같소."

* 와신상담은 불편한 섶에 몸을 눕히고 쓸개를 맛본다는 뜻으로, 원수를 갚거나 마음먹은 일을 이
루기 위하여 온갖 어려움과 괴로움을 참고 견디는 것을 비유해 이르는 말.
* 산해관은 중국 만리장성 동쪽 끝자락에 있는 관문. 조선에서 만주로 갈 때 바다로, 육지로 이어지
는 교통의 중심 지역.

범의 꾸중

범이란 영특하고 갸륵하고 문무를 함께 갖추었을 뿐 아니라 자애롭고 효성스럽고 어질다. 게다가 슬기롭고 용맹스럽기까지 해서 천하에 적수가 없다.

그런데 비위란 짐승은 범을 잡아먹는다. 죽우란 짐승도 범을 잡아먹는다. 박이라는 짐승도 범을 잡아먹고, 오색사자는 큰 나무둥치 구멍에 가만히 있다가 범에게 와락 달려들어 잡아먹는다. 자백이란 짐승이 범을 잡아먹고, 표견이란 짐승은 날아서 범을 잡아먹는다. 황요라는 짐승은 범이나 표범의 염통을 끄집어내 먹고, 뼈가 없는 활이라는 짐승은 범이나 표범이 삼키면 뱃속에서 그 간을 먹는다. 추이란 짐승은 범을 만나면 짓찢어서 씹어 먹는다. 맹용이란 짐승도 대단한데, 범이 맹용을 만나면 눈을 감아 감히 쳐다보지 못할 정도로 두려워한다. 그러나 사람들이 맹용은 무서워하지 않고 범을 무서워하니 범의 위엄이란 대단하지 않은가.

범이 개를 잡아먹으면 취하고, 사람을 잡아먹으면 귀신이 붙는다고 한다. 범이 첫 번째로 사람을 잡아먹으면 죽은 사람의 혼이 '굴각'이라는 창귀가 된다. 굴각은 범의 겨드랑 밑에 붙어서 범을 남의 집 부엌으로 이끄는데, 범이 그 집 솥전*을 핥으면 그 집 주인은 그만 배가 고파지면서 아내에게 밥을 달라고 하게 된다고 한다. 범이 두 번째로 사람을 잡아먹으면 죽은 사람의 혼이 '이올'이란 창귀가 된다. 이올은 범의 광대뼈 위에 높이 올라붙어서 망을 보다가 덫이나 함정이 있을 때는 앞질러 가서 덫틀을 풀어 놓아 버린다고 한다. 범이 세 번째로 사람을 잡아먹으면 죽은 사람의 혼이 '육혼'이란 창귀가 되는데, 육혼은 범의 턱에 붙어 있다가 제가 아는 친구들의 이름을 죄다 범에게 주워섬긴다고 한다.

하루는 범이 창귀들을 호령하며 말했다.

"이제 해가 저무는데 어데 가서 끼니를 치를꼬?"

먼저 겨드랑이에 붙어 있던 굴각이 말했다.

"저는 벌써 저녁 끼니를 점찍어 두었습죠. 뿔난 놈도 아니요, 깃 달린 놈도 아니요, 대가리가 새까만 놈인데, 눈 속에 걸어간 발자국으로 보아 조작조작 걸음이 엉성하고 꼬리는 뒤통수에 올려 붙어 항문도 못 가리는 놈입니다요."

이번에는 광대뼈 위에 올라앉은 이올이 말했다.

"동문께에 먹을 만한 차반*이 있습니다요. 이름이 의원이라고 하는데 입으로 가지각색 풀을 뜯어 먹어서 살에 향내가 풍긴다고들 합죠. 서문께에도 먹을 차반이 있는데 이름이 무당이라고 합니다요. 온갖 잡

---

* 솥전은 솥이 부뚜막에 걸리도록 솥의 바깥 중턱에 둘러 댄 가장자리가 조금 넓적하고 평평한 부분.
* 차반은 맛있게 잘 차린 음식.

귀신에게 아양을 떠느라 날마다 목욕재계를 한다고 하니, 둘 가운데 어느 고기든 골라 잡숫기만 하시면 됩니다요.”

가만히 듣고 있던 범이 수염을 떨치고 얼굴빛을 고치며 말했다.

“의원이란 자는 의심하는 놈이렷다. 알지도 못하고 의심만 하여 병 고치기를 시험하다가 멀쩡한 사람들을 해마다 몇 만 명씩 잡거든! 또 무당이란 자는 무함하는 놈이렷다. 귀신을 속이고 사람을 호려 한 해에도 몇 만 명씩 예사로 사람을 죽이거든! 이러고야 뭇사람의 노기가 그놈들의 뼈다귀에 스며들어 금잠*으로 변했을 터이니 독해서 그놈들을 어떻게 먹는단 말이냐!”

그러자 이번에는 턱에 붙어 있던 육혼이 말하였다.

“참으로 맛좋은 고기가 숲*에 있습니다요. 간은 어질고, 쓸개는 의롭답니다. 충성은 안고, 결백은 품고, 풍류는 머리에 인 채, 예절을 행한다고 합니다요. 입으로는 온갖 글을 다 외우고 세상에는 모르는 이치가 없다고 하니, 모두들 ‘덕이 대단한 선비’라고 부르곤 합죠. 등판이 두드러지고 몸집이 뚱뚱해서 별의별 좋은 맛을 다 갖추고 있다 합니다요.”

범은 눈썹을 실룩거리고 침을 개개 흘리면서 고개를 젖히고는 껄껄 웃으면서 물었다.

“응, 그래! 뭐가 어떻다고? 더 자세히 말해 보거라.”

* 금잠은 그 똥이 독하여 먹으면 사람이 죽는다는 누에.
* 숲을 뜻하는 ‘림(林)’은 ‘유림(儒林)’의 ‘림(林)’과 통하여 선비를 가리킨다.

창귀들은 저마다 범에게 꼬아바치기 바빴다.

"음 하나와 양 하나*를 일러서 '도(道)'라고 하는데 이 오묘한 이치를 선비가 다 꿰뚫고 있답니다요. 오행*이 서로 낳고 육기*가 서로 퍼지는 것이 모두 다 이 선비가 이끌어 내는 조화라고 하던뎁쇼. 그러니 세상에 이보다 맛 좋은 고기가 또 어디 있겠습니까요?"

범이 이 말을 듣고는 그만 실쭉하고 얼굴빛이 달라지더니 몸을 도사리며 달가워하지 않았다.

"음양이란 건 본디 한 가지 기운에서 나오는 것인데 이것을 음과 양 둘로 쪼개 놓았다니 그놈의 고기가 벌써 잡스럽구나. 또 오행이란 건 원래 제자리를 잡고 있어 서로 낳고 말고가 없을 터인데 요즘에는 공연히들 어미니 새끼니 만들어 놓고서는 그것이 짜다느니 시다느니 갈라놓았다느니 떠들어 댄단 말이다. 이러고야 어찌 그 고기 맛이 제대로일 수 있겠느냐.

이뿐만이 아니다. 육기란 것도 본디 저절로 돌아가는 것이다. 일부러 무엇을 당기고 말고 할 까닭이 없단 말이다. 요즘에 와서 함부로들 이런 데 손을 대느니 무엇을 돕느니 떠들면서 생색을 내려 드니 이런 놈의 고기를 먹는다면 질기고 여물어서 어디 소화나 되겠느냐?"

* 음과 양은 유교 세계관에서 사물의 발생과 현상을 설명하는 기초 단위이다.
* 오행은 우주 만물을 이루는 다섯 가지 요소인 쇠[金], 나무[木], 물[水], 불[火], 흙[土].
* 육기는 음과 양에다가 비, 바람, 밝음, 어둠 네 가지를 더 보태어 이르는 말.

중국 정나라 어느 고을에 벼슬에는 통 뜻이 없는 한 선비가 살았는데, 사람들이 모두 북곽 선생이라고 불렀다. 나이 마흔에 제 손으로 교열한 책이 만 권이나 되고 사서오경*의 뜻을 풀어서 다시 지은 책이 만 오천 권이나 되었다. 임금은 북곽 선생이 이루어 놓은 일이 놀랍다고 칭찬을 하고 제후들까지도 북곽 선생과 한번 만나보는 것이 소원이었다.

그 고을 동쪽 마을에는 일찍이 과부가 된 동리자라는 어여쁜 여인이 살았다. 임금이 그의 절개를 칭찬하고 제후들까지 그가 어질고 정숙하다고 떠받들더니만 아주 그 고을 둘레 몇 리를 잡아 떼어 '동리자 마을'로 정해 주었다.

그러나 동리자가 수절은 잘한다 하지마는 아들 오 형제가 모두 각성바지*였다. 하루는 다섯 아들이 모여 수군거렸다.

"윗마을에는 닭이 홰를 치고, 아랫마을에는 샛별이 반짝이는 이 깊은 밤에 안방에서 도란도란 이야기 소리가 들리니 그 목소리가 어쩌면 꼭 북곽 선생 같구나."

다섯 아들이 번갈아 문창 틈으로 들여다보았다.

동리자가 북곽 선생에게 청하였다.

"선생님의 덕을 그리워해 온 지 오래입니다. 이렇듯 호젓한 밤에 선생님의 글 읽는 목청을 한번 듣는다면 더는 원이 없겠습니다."

* 사서오경은 사서와 오경을 아울러 이르는 말. 곧 《논어》, 《맹자》, 《중용》, 《대학》의 네 경전과 《시경》, 《서경》, 《주역》, 《예기》, 《춘추》의 다섯 경서.
* 각성바지는 어머니는 같고 아버지는 다른 형제.

북곽 선생이 옷깃을 바로 여미면서 단정히 차리고 앉더니 시를 읊었다.

"병풍 위엔 원앙 한 쌍, 반딧불은 반짝반짝, 오롱조롱 살림 그릇, 누구 누구 본떴다지. 흥*이로구나."

다섯 아들은 또다시 수군거렸다.

"북곽 선생은 어질고 예절을 아는 분이니 과붓집 문간에 발길을 들여놓을 리가 만무하다. 내가 일찍이 들으니 정나라 성문이 무너진 데 여우굴이 있다더라. 여우가 천 년을 묵으면 인두겁*을 쓴다고 하더니 저놈은 필시 북곽 선생의 탈을 쓴 여우가 틀림없도다!"

그러고는 서로 쑥덕공론을 시작했다.

"내가 들은 바로는 여우 갓을 얻으면 큰 부자가 되고, 여우 신을 얻으면 대낮에도 다른 사람 눈에 보이지 않게 되고, 여우 꼬리를 얻으면 남을 잘 호려 반하게 만들 수 있다고 하더라. 그러니 어찌 이놈의 여우를 잡아 죽여 우리끼리 나눠 가지지 않겠는가?"

다섯 아들은 곧장 안방을 둘러싸더니 덮치고 들어갔다.

깜짝 놀란 북곽 선생이 허겁지겁 도망질을 쳤다. 행여나 제 얼굴이 탄로 날까 겁이 난 북곽 선생은 한 다리를 목에다 걸치고 귀신 춤에 귀신 웃음을 웃으면서 문밖으로 튀어나와 달아나다가 그만 들판에 파 놓은 똥구덩이에 빠지고 말았다. 똥이 가득 찬 구덩이 속에서 버둥거리다

---

* 흥(興)은 시에서 자기와 아무런 관계가 없는 사물을 들어 자기 뜻을 표현하는 방법.
* 인두겁은 사람의 형상이나 탈.

가 간신히 기어올라 슬그머니 머리를 내밀고 바라보니 범 한 마리가 길을 가로막고 서 있었다.

범은 얼굴을 찡그리고 구역질을 하더니 코를 쥐고 고개를 외로 돌리며 말했다.

"푸우! 이놈의 선비, 으이그, 구린내야!"

북곽 선생이 머리를 조아리고 엉금엉금 기어 범 앞으로 나와서는 절을 세 번 하더니 그 자리에 꿇어앉았다.

"범님의 덕이야말로 참말 지극하오이다. 세상에 큰 인물들은 당신의 변화하는 재주를 본받고, 제왕들은 당신의 걸음걸이를 배우고, 사람의 자식 된 자들은 당신의 효성을 법도로 삼고, 장수들은 당신의 위엄을 취하오이다. 당신의 이름은 신령스러운 용님과 짝을 이루니 한 분은 바람을 다스리고 한 분은 비를 다스리시지요. 인간 세상의 천한 이 몸, 삼가 아랫자리에서 당신을 모실까 하오이다."

범이 꾸짖었다.

"내 곁에는 아예 가까이 올 생각을 말라. 일찍이 들은 바 '선비 유(儒)' 자가 '아첨 유(諛)' 자와 통한다더니 과연 그렇구나. 네가 예전에는 천하에 못된 이름은 다 끌어모아다가 내게 함부로 붙이더니, 오늘은 몹시 다급했는지 낯간지러운 아첨을 떠는구나. 이처럼 오락가락하니 누가 네 말을 믿겠느냐? 무릇 천하의 이치는 하나인 법. 범의 성품이 나쁘다면 사람의 성품도 나쁠 것이요, 사람의 성품이 착하다면 범의 성품 또한 착할 것이다. 지금껏 네가 주절거려 대는 천만 마디 말은 오상*을 떠난 적이 없고, 남을 훈계하거나 권고할 때 너는 으레 삼강*을 등에 업고 나왔다. 그렇지만 저 번잡한 저잣거리에는 코 떨어진 놈, 발뒤꿈치 없는 놈, 얼굴에 문신을 당한 놈 등등등 망나니같이 무지막지한 놈들이 여전히 숱하게 돌아다닌다. 너 같은 선비라는 자들이 날마다 아무리 먹을 갈아 대어 그놈들 얼굴에 문신을 하고 아무리 연장을 벼려 대어 벌을 준다 한들 그놈들 나쁜 버릇을 막아 낼 재주는 없을 것이다. 그러나 범의 집안에는 형벌이란 것이 본디부터 없다. 이것만 보더라도 범의 성품이 사람의 성품보다 어질지 않으냐!

우리네 범들은 푸성귀나 과일 따위에 입을 대지 않고, 벌레나 생선 같은 것도 먹지 않는다. 잡스러운 누룩 국물 같은 것을 좋아하지 않고, 새끼 가진 짐승이나 알 품은 짐승이나 하찮은 것들도 건드리지 않는다. 그저 산에 들면 노루, 사슴이나 사냥하고, 들에 내리면 마소나 잡을 뿐, 아직까지 제 배 채우겠다고 남의 신세를 지거나 송사질을 해 본 적이 없다. 그래, 이로 보건대 범의 도덕이 얼마나 떳떳하고 정당한가!

너희 놈들은 범이 노루, 사슴을 잡아먹을 때는 밉다, 곱다 끽소리 없다가도 어쩌다 마소를 잡아먹을 때는 범을 원수처럼 여긴다. 아마도 노루, 사슴이 사람에게 덕 되는 데가 없고 마소는 너희들이 부려

---

*오상은 부모와 자식, 군주와 신하, 친구, 부부, 어른과 아이 사이에서 지켜야 하는 도덕. 오륜.
*삼강은 임금과 신하, 부모와 자식, 남편과 아내 사이에 지켜야 할 도리. 군위신강, 부위자강, 부위부강.

덕을 본다고 생각해서 그런 것이겠지. 그러나 너희 놈들이 마소 대접을 어떻게 하는지 생각해 보아라. 태워 주고 부림 당하던 고생도 심부름하고 주인을 따르던 정성도 아랑곳없이, 날마다 푸줏간이 비좁도록 몰아넣고 잡아다가는 뿔 한 개, 갈기 한 오리도 남기지 않고 먹어 치우지 않느냐? 이것도 부족하여 너희들은 내 양식인 노루, 사슴에까지 손을 뻗쳐 우리로 하여금 산에서는 배를 못 불리고 들에서는 끼니까지 거르게 만들어 놓았다. 이쯤 되면 어디 한번 하늘더러 이 사정을 처리해 달라고 해 보자. 도대체 네놈들을 우리가 잡아먹어야 하느냐, 그만두어야 하느냐?

무릇 제 것 아닌 물건을 가져가는 놈을 도적놈이라 하고, 남의 생명을 빼앗고 물건을 해치는 놈을 화적놈이라 하느니라. 네놈들은 도무지 부끄러운 줄도 모른 채 팔뚝을 뽐내고 눈을 부라리고 위협하면서 백성들 것을 잡아채고 훔치기에 밤낮없이 분주하더구나. 심한 놈은 돈을 형님으로까지 모시고 장수가 되기 위해 제 아내조차 서슴없이 죽인다. 이래서야 어찌 너희가 삼강오륜을 입에 올릴 수 있겠느냐? 어디 이뿐인가. 메뚜기에게서 밥을 가로채고, 누에에게서 옷을 빼앗고, 벌떼를 쫓고는 그 꿀을 도적질하고, 심지어 개미 새끼로 젓을 담아 제 할아비 제사를 지내는 놈까지 있다. 그야말로 잔인하고 악착스럽기로는 네놈들을 따라갈 것이 또 어디 있단 말인가.

네가 세상 이치를 펴 늘어놓을 때는 걸핏하면 하늘이 어쩌니 저쩌니 하지마는 참말 하늘이 마련한 대로 본다면 범이나 사람이나 별반 다를 바 없는 천지만물 중 하나일 뿐이다. 그러니 천지만물이 살아나가는 어진 도리에서 본다면 범이나 메뚜기나 누에나 벌이나 개미나 모두 다 사람과 함께 같이 살기 마련이지, 서로 등지고 지낼 터수*가 아니렷다. 또 이것을 선악을 두고 따져 본다 하더라도 버젓이 드러내 놓고 벌과 개미집을 털어 가는 놈이 천하에 큰 도적놈이 아니고 무엇일까 보냐. 제 마음대로 메뚜기와 누에의 밑천을 훔쳐가는 놈이 의리로 보아 대적이 아니고 또 무엇이란 말이냐?

범이 여태껏 한 번도 표범을 잡아먹지 않은 것은 제 동류에게는 차마 손을 못 대기 때문이다. 범이 노루나 사슴을 잡아먹는 수효는 사람이 잡아먹는 수효처럼 그렇게 많지 않다. 범이 마소를 잡아먹는 수효도 사람처럼은 많지 않느니라.

그런데 지난해 관중 고을에 큰 가물이 들었을 적에 사람들끼리 서로 잡아먹은 수효가 수만이요, 몇 해 전 산동 고을에서 큰물이 졌을 적에도 사람들끼리 서로 잡아먹은 수효가 역시 수만이나 되지 않았더냐?

말이 났으니 말이지 사람 잡아먹은 수효가 많기로는 어디 춘추시대 때만큼 많았던 적이 또 언제 있었겠느냐? 그때는 정의를 위해서 싸운다는 난리가 열일곱 번이요, 원수 갚는다고 일으킨 난리가 서른 번이었으니, 피가 천 리에 흐르고 거꾸러진 시체는 어림잡아 백만은

* 터수는 서로 사귀는 사이.

족히 되었을 것이다!

그러나 범의 집안에서는 홍수나 가물을 모르고 보니 하늘을 원망할 리 없고, 덕이고 원수고 다 잊어버리는지라 세상에 미운 것이 없다. 하늘이 마련한 대로 따라 살다 보니 무당이나 의원의 농간에 넘어갈 턱이 없고, 타고난 성품에 따라 저 생긴 대로 살다 보니 디러운 세상살이 잇속에도 병들지 않는다. 이것이 바로 범을 영특하고 갸륵하다고 하는 까닭이란 말이다.

범의 한 가지 얼룩을 가지고 열 가지 문채를 세상에 자랑할 수 있다. 한 치의 병장기를 손에 대지 않더라도 그저 범의 날카로운 발톱과 이빨만 가지고서도 그 위풍을 천하에 뽐낼 수 있다. 세상은 범의 형상을 그린 제기들로써 효성을 널리 퍼뜨려 가르친다. 까마귀, 솔개, 개미 떼가 하루 한 끼는 범의 대궁*을 갈라 먹는다. 이렇듯 우리들의 어진 행실이야 이루 다 헤아릴 수 없을 것이다. 어디 그뿐이냐. 애매하게 남에게 먹힌 사람을 잡아먹지 않고, 병자나 폐인이나 상주를 잡아먹지 않으니, 의로운 행실까지도 어찌 다 헤아릴 수 있겠느냐?

허나 네놈들은 어떠하더냐? 네놈들이 잡아먹는 버릇이야말로 진정 모질도다. 덫과 함정이 부족하다 하여 새그물, 노루 그물, 후릿그물, 반두 그물, 자 그물 따위를 만들었으니 분명 맨 처음에 그물을 뜨기 시작한 놈이 화근을 세상에 퍼뜨린 놈일 것이다.

* 대궁은 먹다 남긴 밥.

어디 그뿐이냐? 뾰족 창, 넓적 창, 긴 창, 삼지창에, 도끼, 환도, 비수, 쇠꼬챙이가 있지 않으냐. 또 한 방만 터뜨리면 쾅 하는 소리가 산악을 무너뜨리고 번쩍번쩍하는 불길이 벼락보다 무서운 대포까지 있다. 이것도 제 마음껏 포악을 부리기에는 부족하다 싶었는지, 부드러운 털을 아교풀로 붙여서는 길이는 한 치도 못 되는 것을 대추씨처럼 뾰족하게 만들지 않았느냐. 이것을 먹물에 덤뻑 찍어서는 가로 찌르고 모로 찌르면 굽은 놈은 갈구리창 같고, 날이 선 놈은 칼 같고, 뾰족한 놈은 검 같고, 갈라진 놈은 가장귀창* 같고, 곧은 놈은 화살 같고, 둥그레한 놈은 활 같더구나. 이놈의 병기들이 한번 움직일 때마다 뭇 귀신들이 밤 울음을 울게 생겼다. 서로 참혹하게 잡아먹는 데야 누가 너희 놈들보다 더 심할 것이냐?"

북곽 선생은 자리를 옮겨서 머뭇머뭇 땅에 코를 박고 두 번씩 머리를 조아렸다.

"옛글에 아무리 악한 놈이라도 목욕재계를 하고 나면 하늘을 모실 수 있다고 했습니다. 제 비록 인간 세상의 천한 몸이지마는 감히 아랫자리에서 당신을 삼가 모셔 받들까 하오이다."

북곽 선생은 숨소리를 죽이고 가만히 대답을 기다리며 귀를 기울이고 있었다. 그러나 아무런 분부가 없었다. 이윽고 황송해서 두 손을 모으고 머리를 조아렸다가 조심조심 고개를 들어 보니 날은 훤히 샜고 범

---

* 가장귀창은 끝이 나뭇가지 모양으로 갈라진 창.

은 이미 온데간데없었다.

　새벽 밭일을 나온 농부가 북곽 선생을 발견하고는 의아해하며 물었다.

　"선생님! 이 꼭두새벽에 벌판에다 대고 절은 웬 절이십니까?"

　북곽 선생은 이렇게 얼버무렸다.

　"내 들으니 하늘이 높다 해도 머리를 마음대로 못 들고, 땅이 두텁다 해도 발을 마음대로 못 디딘다고 했느니라!"

열녀함양박씨전

　일찍이 중국 제나라 사람이 말하기를 열녀는 남편을 바꾸지 않는다고 하였다. 《시경》의 '백주*'도 바로 그런 뜻이다. 우리나라 경국대전에는 후살이* 가서 낳은 자손을 좋은 벼슬에 등용하지 않는다고 하였다. 그러나 이것이 어찌 뭇 백성을 두고 규정한 것이겠는가? 그런데도 우리나라에서는 개국 이래 사백 년이 지나는 동안 백성들이 교화되어 그 신분이 귀하건 천하건, 그 집안이 높건 변변치 않건 과부가 되면 으레 수절하는 것이 그만 풍속이 되어 버렸다.

　오늘날 과부는 말하자면 모두 옛날의 열녀인 셈이다. 심지어 시골구석의 젊은 아내나 거리의 새파랗게 젊은 과부들이 제 부모에게서 다시 시집가라고 무리한 강요를 당하는 것도 아니고, 자손들이 벼슬에 등용되지 못할 부끄러움을 가지는 것도 아니건만, 수절하는 것만으로는 절개가 되지 못한다고 때때로 자살까지 한다. 그래서 이 세상을 등지고

---

* '백주'는 《시경》에 실린 시의 제목. 공강이란 여자가 남편이 죽은 뒤 재혼하지 않을 것을 맹세하여 이 시를 지었다고 한다.
* 후살이는 여자가 재혼해서 사는 일.

남편을 따라 저승으로 가려고 물에 빠지고 불에 뛰어들고 독약을 마시고 목을 매어 죽는다. 마치 극락에라도 갈 것처럼 말이다. 열렬하기는 열렬하지만 이 어찌 지나친 일이 아니겠는가?

옛날에 두 형제가 모두 이름난 관리로 있었다. 하루는 둘이 어머니 앞에서 어떤 사람의 벼슬길을 막자고 의논하고 있었다. 어머니가 물었다.

"무슨 허물이 있기에 막자고 하는 게냐?"

"그 사람 윗대에 과부가 있었는데 바깥소문이 좋지 못했습니다."

어머니가 깜짝 놀라면서 물었다.

"남의 집 안방에서 일어났을 일을 어떻게 알았느냐?"

"풍문이 그렇습니다."

어머니가 말하였다.

"바람이란 것이 소리만 있지 형체는 없는 것이라 눈으로는 볼 수 없고 손으로도 잡을 수가 없다. 그럼에도 공중에서 일어나서 곧잘 만물을 뒤흔들고는 한다. 너희는 어쩌자고 형체도 없는 일을 가지고 뒤흔드는 일에 남을 몰아넣는다는 말이냐? 더구나 너희가 바로 과부의 아들이 아니냐? 과부의 아들이 그래 과부를 비평한다는 말이냐? 거기들 앉아라. 내 너희에게 보여 줄 것이 있다."

어머니는 품 안에서 구리 엽전 한 푼을 꺼내면서 말하였다.

"이 돈에 둥그런 둘레가 있느냐?"

"없습니다."

"이 돈에 글자가 있느냐?"

"없습니다."

그러자 어머니는 눈물을 흘리면서 말하였다.

"이것이 바로 네 어미가 죽음을 참고 견딘 부적이다. 십 년이나 손으로 만지고 만져서 다 닳아 버렸다. 대개 사람의 혈기는 음양에서 나오고, 정욕은 혈기로 인해서 움직인다. 생각은 고독한 데서 생기고, 슬픔은 생각으로 인해서 일어난다. 과부야말로 고독한 신세요, 지극히 슬픈 사람이 아니더냐? 혈기가 때로 왕성해지면 과부라고 해서 어찌 정욕이 움직이지 않겠느냐? 껌뻑이는 등불 아래 그림자만 바라보고 홀로 밤을 새기란 참으로 괴로운 일. 더구나 비 내리는 소리가 처마 끝에서 뚝뚝거리거나, 허연 달빛이 창에 들이비치거나, 뜰에 나뭇잎이 나부끼거나, 하늘가에 외기러기 울며 날아가거나, 멀리 닭 울음소리는 들리지 않는데 어린 종년의 코 고는 소리만 요란할 때, 그럴 땐 눈이 반들반들해서 잠을 이룰 수 없으니 이 쓰라린 심정을 누구에게 하소연하겠느냐?

그때마다 이 엽전을 굴리면서 온 방 안을 서성였다. 둥근 것이 잘 구르다가도 어느 모서리에 부닥치면 고만 죽어 버린다. 그러면 주워다가 다시 굴렸다. 그렇게 하룻밤에 보통 대여섯 번을 굴리고 나면 날이 새더구나. 십 년을 지내는 동안 해마다 줄어들더니, 십 년이 지나면서부터는 혹 닷새에 한 번도 굴리고 혹 열흘에 한 번도 굴렸는데, 혈기가 아주 쇠하면서부터는 더는 이 엽전을 굴리지 않았다. 그러나 그 뒤로 이십여 년을 내가 이 엽전을 버리지 않고 꼭꼭 싸고 또 싸서 간직하고 있는 까닭은 그 공로를 잊지 말자는 것이요, 때로는 나 스스로 경계하자는 것이다.”

마침내 두 아들과 어머니는 서로 붙들고 울었다.

어떤 군자가 이 이야기를 듣고서는 이렇게 말했다.

“그야말로 열녀라고 할 만하구나!”

아! 그의 어려운 절개와 깨끗한 행실이 이와 같건만 당시에는 알려지지 않아서 그 이름이 전해지지 못한 것은 무슨 까닭인가? 과부의 수절이 온 나라의 통례로 된 까닭에 목숨을 끊지 않고서는 과부의 절개가 드러나지 않게 된 것이다.

내가 안의(지금의 경상남도 함양군 안의면)에 원으로 온 이듬해인 계축년(1793) 어느 날, 날이 샐녘에 잠이 어렴풋이 깨었는데 마루 앞에서 두어 사람이 수군거리는 소리가 들리고 또 마음 아파하며 한숨짓는 소리도 났다. 아마 급한 일이 생겼으나 내 잠을 깨울까 봐 염려하는 것 같았다.

“닭이 울었느냐?”

내가 소리 내어 물었다.

“벌써 서너 홰째나 울었습니다.”

대답이 이러하였다.

“밖에 무슨 일이 있느냐?”

“통인 박상효에게 형이 하나 있는데, 그 딸이 함양으로 시집을 갔다가 홀로 되었습니다. 그런데 지아비 삼년상을 마친 다음 독약을 먹고 죽게 생겼답니다. 그래서 급하게 부르러 왔으나 상효가 지금 번*을 들고 있는 까닭에 황공하와 감히 마음대로 가질 못하고 있습니다."

내가 빨리 가 보라고 일렀다. 저녁나절에 이르러 함양 과부가 살아났느냐고 물으니 아랫사람들 말이 벌써 죽었다고 하였다. 내가 길게 탄식하면서 말하였다.

"열렬하구나, 이 사람이야말로."

그리고는 여러 아전들을 불러다가 물었다.

"함양에서 난 열녀가 사실은 안의 태생이다. 그의 나이는 지금 몇 살이고 함양 누구에게로 시집을 갔고 어려서부터 그의 마음씨와 행실이 어떠하였는지 너희 중에 아는 사람이 있느냐?"

여러 아전이 한숨을 지으면서 말하였다.

"박 씨네 집안은 대대로 아전이었습니다. 아비 박상일이 일찍 죽고 이 외동딸 하나뿐인데 어미마저 일찍 죽었습니다. 그래서 할아비, 할미 손에 크면서 자손 된 도리를 잘하다가 나이 열아홉에 함양 임술중의 처가 되었지요. 그 사람 또한 아전 집안 자손입니다. 그런데 술중이 본디 몸이 허약해서 초례를 치르고 돌아간 다음 반년도 못 되어 죽었습니다. 박 씨는 예에 따라 지아비의 상을 치르면서도 며느리의 도리를 다해서 시부모를 섬기니 두 고을의 친척과 이웃이 모두 무던

* 번은 차례대로 숙직이나 당직을 서는 일.

하다고들 칭찬했습니다. 이제 보니 과연 그럴 만도 한 듯합니다."

그중 늙은 아전 하나가 감격하여 말하였다.

"박 씨가 시집가기 두어 달 전쯤에 어떤 사람이 와서는 술중이 병이 골수에 사무쳐 사람 노릇 할 가망이 도무지 없는데 왜 약혼을 물리지 않느냐고 일러 주더랍니다. 할아비, 할미도 은근히 손녀에게 그런 의사를 비쳤건만 잠자코 대답을 하지 않더랍니다. 혼인 날짜가 임박하자 박 씨 집에서 사람을 보내 슬그머니 술중을 보고 오라 했더니, 술중이 비록 생김새는 곱상스러우나 폐결핵에 걸려서 기침을 콜록콜록하는 것이 버섯같이 여린 몸에 그림자만 다니는 것 같더랍니다. 박 씨 집에서는 겁이 더럭 나서 다른 데로 혼인할 자리를 정하려고 했는데, 박 씨가 정색을 하더니 저번에 지어 놓은 옷이 뉘 몸에 맞추어 지은 것이며 뉘 옷이라고 말하던 것이냐며 애초에 정한 대로 따를 것을 소원하더랍니다. 집안사람들이 그 뜻을 알고 하는 수 없이 정한 대로 사위를 맞긴 맞았으나 말로만 혼인을 지냈다 뿐이지 허수아비와 잔 셈이나 마찬가지랍니다."

그로부터 얼마 뒤, 함양 군수 윤광석이 밤에 이상한 꿈을 꾸고 나서 감동된 바가 있어 열녀전을 지었고, 산청 현감 이면재가 그에 대한 전을 썼다. 거창 사는 신돈항은 자기 생각이 뚜렷한 선비인데 그도 박 씨를 위해 그 절개를 서술하였다.

박 씨 심경을 처음부터 끝까지 추측해 본다면, 나이 어린 과부로서 오래 세상에 머물러서 두고두고 친척들의 마음을 상하게 하고 공연히 이웃의 뒷공론을 받기보다는 얼른 사라져 버리는 편이 낫다고 생각한 것이 아니겠는가? 아하! 처음에 지아비 상을 당하고서 죽지 않은 것은 소상*을 치러야 했기 때문이고, 소상을 치르고 죽지 않은 것은 대상*을 치러야 했기 때문이었을 것이다. 대상을 지내고 삼년상을 마치고서야 처음에 마음먹었던 대로 남편과 한날한시에 순절한 것이니, 이 어찌 열렬하지 않으랴?

* 소상은 사람이 죽은 지 일 년 만에 지내는 제사.
* 대상은 사람이 죽은 지 두 돌 만에 지내는 제사.

방경각외전 머리말*

벗이 오륜*의 차례에서 맨 끄트머리에 있는 것은 멀거나 낮아서가 아니다. 마치 오행의 토(土)가 네 계절의 어디에나 연관되어 있어 작용하는 것과 마찬가지다. 아버지와 아들 간의 친밀과, 임금과 신하 간의 의리와, 남편과 아내 간의 구별과, 어른과 아이 간의 차례도 모두 신의가 아니고서야 어떻게 시행될 것인가? 만약 윤리가 윤리로서 시행되지 않는다면 벗이 바로잡아 주기 때문에 오륜의 맨 뒤에 있어서 통괄하게 된다.

미치광이 세 사람이 벗을 지어 가지고 세상을 피하여 돌아다니면서 남을 참소하고 남에게 아첨하는 무리를 논란하는 데서 거의 그런 무리의 화상을 그려 내다시피 한다. 그러므로 말 거간의 이야기를 적는다.

* 연암이 한문소설 아홉 편('말 거간전', '예덕 선생전', '민 노인전', '양반전', '김 신선전', '광문자전', '우상전', '역학대도전', '봉산학자전')을 쓴 동기를 밝힌 글이다. 이 가운데 '역학대도전'과 '봉산학자전'은 연암 스스로 없애 버려 전하지 않고 '우상전'은 완성되지 않은 채로 전한다.
* 오륜은 유학에서 말하는 사람이 지켜야 할 다섯 가지 도리. 부자유친, 군신유의, 부부유별, 장유유서, 붕우유신.

50

선비가 먹고사는 일을 바치면* 온갖 행실이 잘못되고 마는 것이라 칠첩반상을 바치고 팔첩반상을 바치면서도 탐욕을 억제할 줄 모른다. 엄씨는 제 손으로 똥 치는 것을 업으로 살아가니 보기에는 더러우나 입에 들어가는 것은 깨끗하다. 그러므로 예덕* 선생의 이야기를 적는다.

민 노인은 사람을 황충*으로 보고 있으며, 그가 배운 도는 마치 용과 같이 신기하여 헤아릴 수 없다. 우스갯소리로 풍자하는 체 세상을 희롱하니 버릇이 없어 보이지만 벽 위에 써 붙이면서 스스로 분발한 것은 게으름뱅이를 경계할 만하다. 그러므로 민 노인의 이야기를 적는다.

선비는 하늘에서 받은 벼슬인데 선비의 마음이 곧 뜻이다. 뜻이란 어떤 것일까? 권세와 잇속을 꾀하지 말고, 입신출세해도 선비의 도리를 떠나지 않으며, 곤궁해도 선비의 도리를 잃지 않아야 한다. 명예와 절개를 조심하지 않은 채 한갓 문벌을 밑천으로 여기거나 조상의 덕을 팔아 살아간다면 장사치와 무엇이 다르랴? 그러므로 양반의 이야기를 적는다.

홍기는 큰 은사로서 방랑 생활을 하며 숨어 살고 있는데, 맑은 데나

---

* '바치다'는 지나칠 정도로 좋아한다는 뜻.
* 예덕은 비록 더러워 보이는 일을 하지만 높은 덕을 갖추고 있다는 뜻.
* 황충은 메뚜깃과의 곤충. 다른 이름은 풀무치.

흐린 데나 실수가 없으며 남을 시기하지도 않고 무엇을 요구하지도 않는다. 그러므로 김 신선의 이야기를 적는다.

광문은 구차한 비렁뱅이인데 실제보다 명성이 지나쳤다. 제 이름이 자자해지기를 좋아하지 않았지만 마지막에는 형벌을 면치 못하고 말았다. 하물며 이름을 훔치고 도적질하고 또 가짜를 위하여 다투는 것이겠는가? 그러므로 광문의 이야기를 적는다.

아름다운 저 우상*은 옛 문체에 힘을 썼으니 그야말로 조정에서 잃어버린 예법을 시골 가서 찾게 된 셈이다. 그의 삶은 짧았으나 이름은 길이 전할 것이다. 그러므로 우상의 이야기를 적는다.

세상이 말세가 되어 허위만을 숭상하기 때문에 《시경》을 외우면서 무덤을 파헤쳐 도적질을 하고 있다. 어쭙잖은 품행과 참되지 못한 학문을 가지고 종남산*을 출세하는 길의 지름길로 삼는 것은 예로부터 더럽게 여겨 오는 바다. 그러므로 역학대도의 이야기를 적는다.

집에 들어와서 부모에게 효도하고 밖에 나가서 어른에게 공손하다면

---

* 우상은 역관 이언진(1740~1766)의 자. 자는 우상, 상조, 호는 운아, 창기, 송목관.
* 종남산은 중국 당나라 수도에 있던 산이다. 당시 선비인 체하고 출세할 기회를 엿보는 자를 빗대어 '종남산 지름길'이라고 하였다.

공부를 못 한 사람도 공부를 했다고 이른다는 말이 비록 지나치기는 하나 가짜 도학군자를 경계할 만하다. 공명선이 글은 읽지 않으면서도 삼년 동안 공부를 잘하였으며, 각결이 들에서 밭갈이를 하면서 아내 대하기를 손님같이 하였으니 눈으로 글자를 모를망정 참된 공부를 했다고 말해야 한다. 그러므로 봉산학자의 이야기를 적는다.

말 거간전

말 거간이나 집주릅*이 손뼉을 치면서 관중과 소진*을 입에 올릴 때는 맹세를 하면서 덤벼들어야만 미덥게 보인다. 귓결에 이별이라는 말만 들어도 가락지를 내던지고 손수건을 찢어 버리거나 등잔불을 등지고 바람벽을 향해 앉아 고개를 숙이고 소리 없이 울어야만 남의 첩답게 보인다. 또한 남 앞에 제 간을 꺼내 놓고 그의 손을 부여잡고 열을 내면서 제 마음을 속삭여야만 참으로 남의 벗답게 보이는 법이다.

그런데 콧등에 부채를 대고서는 왼눈으로 이편을, 오른눈으로 저편을 향해 끔적이는 것이 거간과 주릅의 술책이다. 호들갑스러운 언사로 호통을 치거나 달콤한 말투로 상대의 속을 떠보면서 강한 놈은 위협하고 약한 놈은 윽박지르고 서로 같은 놈들은 떼어 놓고 서로 다른 놈들은 한데 합치는 것이 수단꾼, 말쟁이 들이 상대를 쥐락펴락하는 술수이다.

옛날 어떤 사람이 신경병을 앓아서 아내더러 약을 달여 달라고 했더

---

* 집주릅은 집을 사고파는 사람들 사이에 흥정을 붙이는 일을 하는 사람.
* 관중은 중국 춘추시대 제나라 재상. 강력한 개혁 정책으로 제나라를 부유하고 강하게 했다. 소진은 중국 전국시대 정치가. 강국이던 진나라에 대항해 조, 한, 위, 제, 초, 연, 여섯 나라가 동맹해야 한다는 합종책을 폈다.

니 약의 분량이 어느 때는 많고 어느 때는 적어서 한 번도 알맞은 적이 없었다. 이윽고 화를 참지 못한 그가 첩에게 약 달이는 일을 시켰는데 그 양이 많지도 적지도 않게 늘 꼭 알맞았다. 첩을 몹시 신통하게 여기던 그는 어느 날 문구멍으로 약 달이는 첩의 모습을 몰래 훔쳐보았다. 그랬더니 달인 약의 양이 많으면 땅에 쏟아 버리고 적으면 달인 약에 물을 타 그 양을 알맞게 조절하는 것이 아닌가?

그러므로 귀에 대고 속삭이는 것은 진실한 말이 아니고, 남에게 누설하지 말라고 신신당부하는 것은 깊은 사귐이 아니며, 정이 깊으니 얕으니 따지는 것은 벌써 각별한 사이가 아니다.

송욱, 조탑타, 장덕홍이 광통교 위에 서서 벗 사귀는 이치를 의논하는데, 탑타가 말하였다.

"내가 아침나절에 쪽박을 두드리며 동냥을 다니다가 베 파는 가게에 들렀더니 마침 가게에 들어와서 베를 사려는 사람이 있습디다. 그런데 그 사람이 베를 골라 입으로 핥더니 다시 공중에 비추어 본 다음에 주인더러 먼저 값을 부르라고 합디다. 속으로는 제가 이미 값을 놓고 있으면서 말이지요. 둘이서 한참을 서로 미루더니 둘 다 베를 잊어버렸는지 주인이라는 사람은 먼 산을 보면서 구름이 떴다고 흥얼거리고, 베를 사려던 사람은 뒷짐을 지고 서성거리면서 벽에 걸어 놓은 그림을 들여다보고만 있는 게 아니겠습니까?"

송욱이 말했다.

"자네가 이제 벗을 사귀는 태도는 본 듯한데 그 속에 있는 이치는 보지 못한 듯하군.”

그러자 덕홍이 말하였다.

“꼭두각시놀음에 장막을 치는 것은 줄을 잡아당기기 위한 것이렷다.”

송욱이 말하였다.

“자네가 벗 사귀는 체면 정도는 알고 있지만 그래도 그 속에 담긴 이치까지 알기에는 아직 멀었군. 무릇 점잖은 군자가 사귀는 벗에는 세 종류가 있고 벗을 사귀는 방법에는 다섯 가지가 있는데, 내가 그중 한 가지도 제대로 하지 못해서 나이 서른에 벗 하나 없다네. 그러나 그 벗 사귀는 이치만은 옛적에 들은 적이 있단 말이지. 그건 바로 팔을 밖으로 굽히지 않고 술잔을 잡는 것이야.”

덕홍이 말하였다.

“그렇고말고!《시경》에 이르기를, 골짜기에서 학이 우니 새끼가 화답하고 내게 좋은 벼슬이 있으매 너와 함께한다고 한 것이 바로 그런 뜻이 아니겠나?”

송욱이 말했다.

“그래, 자네라면 벗을 사귀는 이치에 대해서 같이 이야기할 만하겠네 그려. 내가 방금 한 가지만을 일러 주었는데 자네는 두 가지를 알아내는군. 온 세상이 와 하고 따르는 것이 세력이요, 서로 차지하려고 머리를 맞대고 쑤군거리는 것이 명예와 잇속이네. 비록 술잔이 입과 약속한 것은 아니지만 팔이 안으로 굽어 드는 것은 어쩔 수 없이 당연한 형세이지. 학이 새끼와 화답하는 것처럼 사람들끼리 서로 주거니 받거니 하는 것이 명예가 아니겠나? 또 대체로 좋은 벼슬에는 잇속이 따르는 법이네만, 차지하려고 덤벼드는 사람이 많으면 세력이 분산되고, 쑤군거리며 도모하는 사람이 여럿이면 명예나 잇속도 제 차례에 돌아올 것이 없어진단 말이지. 그렇기 때문에 군자는 예로부터 이 세 가지에 대해 말하기를 꺼려 온 것이라네. 나 또한 슬며시 그 변죽만을 울렸을 뿐인데 자네는 이 뜻을 잘도 알아맞히는군그래.

자네가 남과 사귀려면 지나간 일일랑 칭찬하지 말게나. 이미 지나간 일은 아무리 칭찬한들 소용이 없거든. 또 남이 미처 생각하지 못한 일을 일깨워 주려 해서는 안 되네. 그가 모처럼 해 보려 하다가도 자네 말을 들으면 싱거워지게 되거든. 여러 사람이 모인 자리에서 어떤 사람을 으뜸간다고 추켜세워서도 안 되네. 한 사람을 으뜸간다고 하면 그 윗자리는 다시 없는 법이니 좌중이 고만 맥이 빠져 버리기 때문일세.

그렇기 때문에 사람을 사귀는 데에 묘한 이치가 있다고 하는 것이네. 누구를 칭찬하고 싶거든 겉으로 책망하는 말투를 써야 하고, 누구에게 호의를 보이고 싶거든 성난 듯이 해야 하네. 누구와 친해지고 싶으면 박은 듯이 서서 뚫어질 듯 쳐다보다가 부끄러운 듯 몸을 돌이켜야 하고, 남들이 나를 믿게끔 하고 싶으면 먼저 나를 의심하게 만들고 나서 기다려야만 하네. 대체로 의로운 선비는 슬픔이 많고, 미인은 눈물이 많은 법일세. 그렇기 때문에 영웅도 때때로 울음으로써 사람들 마음을 움직이는 것이라네. 이 다섯 가지 방법은 군자가 쓰는 작은 기술이지만 그야말로 어디에나 통용되는 처세술이라고 할 수 있지."

탑타가 덕홍에게 물었다.

"대체 송 선생의 말씀은 뜻이 깊어서 수수께끼나 마찬가지입니다. 도무지 알아듣지 못하겠습니다."

덕홍이 대답하였다.

"자네가 어떻게 알아듣겠는가? 대체로 어떤 이가 잘한 일을 두고 책망을 하면 그보다 더한 칭찬은 없다네. 서로 사랑하면서 노여움이 생기고 서로 나무라면서 정이 붙는 법이라서, 한집안 식구끼리도 서로 불평이 생겨 때때로 언성이 높아지는 것이라네. 무릇 친한 사이일수록 틀어지기 쉬운 법이니 친한 보람이 어디 있으며, 믿는 사이에도 의심이 싹트게 되니 믿는 보람은 또 어디 있단 말인가?

술판이 한고비를 넘고 밤이 이슥해지면서 사람들이 죄다 졸고 있을 때, 그저 말없이 바라보고만 있다가 가뜩이나 술에 취한 사람의 슬픈 심회를 자아내 준다면 아마도 그는 속이 뭉클해서 감동하지 않을 수 없을 것이네. 그렇기 때문에 벗을 사귀는 데는 서로를 알아주는 것보다 좋은 것이 없고, 즐겁기로는 서로 뜻이 맞는 것보다 좋은 것이 없으며, 편협한 사람의 꽁한 마음을 푸는 데나 시기하는 사람의 원망을 떨어 버리는 것으로는 울음을 우는 것보다 나은 것이 없는 것일세. 나는 남과 사귀면서 일부러 울음을 참은 것이 아니지만 울어도 눈물이 나오지 않는다네. 이런 까닭에 나라 안을 돌아다닌 지 서른한 해가 되도록 여태 곁에 벗 하나 없는 신세가 되고 만 것이라네."

탑타가 말했다.

"그러면 충성된 마음으로 친구를 대하고 의리로 벗을 사귀는 것은 어떻습니까?"

덕홍이 그의 얼굴에 침을 뱉으면서 꾸짖었다.

"더럽구나, 더러워. 자네는 그걸 말이라고 하고 있나? 내 말 좀 들어보게. 무릇 가난한 것들은 남에게 바라는 마음이 많기 때문에 의리를 중시하는 거라네. 그래서 아득한 하늘만 봐도 낟알이 하늘에서 떨어지지나 않나 속으로 기다리고, 남의 기침 소리만 들어도 누가 뭘 좀 주지 않나 하면서 고개를 석 자나 빼고 기다린다네. 그런가 하면 재산을 제법 가진 사람들은 자신이 인색하다는 손가락질을 받는 일을 싫어하지 않는다네. 그래야만 남들이 자기에게 무엇인가를 바라지 않기 때문이지.

무릇 천한 것들은 애초에 아낄 것이 없기 때문에 어려운 일도 사양하지 않고 충성을 다해 덤벼들게 된다네. 옷을 입은 채로 물을 건너는 것은 헌옷을 입었기 때문이지. 그런가 하면 수레를 타고 다니는 사람들은 신 위에 덧신을 껴 신고도 흙이 묻을까 염려한다네. 신 바닥도 이렇게 아끼는데 하물며 제 몸이야 더 말해 무엇 하겠나? 그러니 충성이니 의리니 하는 것은 가난하고 천한 것들이 할 노릇이지 부귀한 자들에게는 말을 건네 볼 거리도 못 된다네."

탑타가 슬픈 낯빛을 지으면서 말하였다.

"내가 차라리 이 세상에서 벗을 얻지 못할망정 점잖은 군자들과는 사귈 수 없겠습니다."

그래서 그들은 서로 갓을 부수고 옷을 찢고서는 때 묻은 얼굴과 덥수룩한 머리를 하고 새끼줄로 허리를 동여매고 노래를 부르며 길거리로 돌아다녔다.

익살 선생은 〈우정론〉에 이렇게 썼다.

나무쪽을 붙이는 데는 아교면 그만이요, 쇠를 붙이는 데는 붕사면 그만이요, 사슴과 말의 가죽을 붙이는 데는 찹쌀 풀보다 나은 것이 없다. 그러나 벗을 사귀는 데는 버름하게 틈이 있기 마련이다. 남쪽 나라와 북쪽 나라가 서로 멀리 떨어져 있어서 틈이 생기는 게 아니요, 산과 물이 가로막고 있어서 틈이 생기는 것도 아니다. 그런가 하면 무릎을 맞대고 한자리에 앉았다고 해서 딱 붙는 사이가 되는 것이 아니요, 어깨를 치고 소매를 붙잡는 사이라고 해서 마음이 맞는 사이가 되는 것도 아니다. 그런 사이에도 틈은 있게 마련이다.

일찍이 위앙이 쓸데없는 말을 늘어놓자 진나라 효공이 그만 졸고 말았다.[*] 만일 범수가 화를 내지 않았더라면 채택은 입만 벌리고 있었을

---

[*] 중국 진나라 위앙이 효공을 만나 제왕의 도리를 이야기하자 효공이 졸았다. 경감이라는 신하가 위앙을 꾸짖자 위앙은 효공에게 힘으로 백성을 다스리는 패도에 대해 이야기했는데 효공이 좋아했다.

[*] 채택이 중국 진나라 소왕을 만날 작정이었는데, 먼저 승상인 범수를 만나 자신이 진왕을 만나면 승상의 자리를 뺏을 것이라고 말해 범수를 노하게 하였다. 이런 방법으로 채택은 자신의 존재를 알리고 진왕을 만나게 된다.

것이다.* 그래서 위앙을 탓하며 진 효공을 다시 만나게 하는 사람도 나타나게 되었고, 채택의 말을 떠벌리고 다니며 범수를 화나게 한 사람도 나타났던 것이며, 공자인 조승은 소개하는 역할을 했던 것이다.* 진여와 장이*는 본래 틈이 없는 사이였지만 한번 틈이 생기자 그들의 사이를 어떻게 해 볼 수 없이 되고 말았다. 그렇기 때문에 틈이란 것은 좋게 여길 것도 두려워할 것도 아니다. 아첨은 틈을 비집고 들어가 맞붙게 만들고 참소는 틈을 파고들어 이간질한다. 그렇기 때문에 사람을 잘 사귀는 사람은 먼저 그 틈을 잘 이용하지만, 사람을 잘 사귀지 못하는 사람에게는 그 틈이 아무짝에도 쓸모없게 되는 것이다.

무릇 곧게 가는 길이 지름길일 때, 잘 휘더듬어 가려 하지 않고, 좀 둥글려 해 보려 하지 않으며, 말 한 마디에 의가 벌어진다면 다른 사람이 이간질하지 않아도 자기 스스로 갈라놓는 셈이 된다. 그렇기 때문에 속담에 이르기를 열 번 찍어 안 넘어가는 나무가 없다고 하고, 아랫목에 곱게 보이기보다는 차라리 부엌에 곱게 보이라고 한 것*이다.

아첨을 하는 데도 방법이 있다. 몸을 가다듬고, 얼굴을 꾸미고, 말을 얌전하게 하고, 명예와 잇속에 담박하고, 벗을 사귀는 데도 별로 뜻이 없는 척하면서 곱게 보이려는 것이 가장 윗길의 아첨이다. 그다음에는

---

* 중국 진나라가 조나라를 포위하자 노중련이 위나라 장수 신연원에게 도움을 청했다. 이때 공자 조승이 노중련을 신연원에게 소개하였다.
* 진여와 장이는 중국 진나라 말기 사람으로 서로 사이가 무척 좋았으나 벼슬로 다투게 되며 사이가 멀어졌다.
* 아랫목 신에게 잘 보이기보다는 부엌 신(조왕신)에게 잘 보이는 게 낫다는 뜻으로, 실질 권력을 가진 자에게 빌붙는 편이 낫다는 말.

입바른 말을 툭툭 던져서 자기의 진실함을 드러내고, 그 틈을 잘 이용해서 자기의 의사를 전달하는 것이 가운데 길의 아첨이다. 끝으로 신발이 닳고 자리가 떨어지도록 좇아다니면서 남의 입술이나 쳐다보고 얼굴빛이나 살피면서 그가 하는 말마다 "옳습니다." 하거나 하는 일마다 "훌륭합니다." 하며 맞장구친다면, 처음 들을 때는 기뻐하다가도 오랜 뒤에는 싫증이 난다. 싫증이 나면 곧 스스로가 비루하게 여겨지면서 상대가 자신을 놀리고 있지는 않은가 하고 의심하게 되니, 이것이 곧 아랫길의 아첨이다.

관중이 아홉 번이나 여러 나라의 임금을 연합시켰고 소진이 여섯 나라를 한데 뭉치게 하였으니, 이것은 천하의 큰 사귐이라고 할 만하다. 그러나 비록 송욱과 탑타는 길가에서 빌어먹고 덕홍은 거리에서 미친 듯 노래 부르며 다니지만, 오히려 이들은 말 거간의 술수는 부리지 않았다. 더군다나 군자로서 글 읽는 선비야 더 말해 무엇 하겠는가.

예덕 선생전

선귤자*에게 벗 한 분이 계시니 예덕 선생이라고 하는 분이다. 종본 탑 동쪽*에서 사는데 마을 안의 똥거름을 쳐내는 것으로 생계를 삼고 있다. 온 마을에서 그를 엄 행수라고 부른다. 행수는 막일을 하는 늙은이를 부르는 말이요, 엄은 그의 성이다.

자목이 선귤자에게 물었다.

"그전에 선생님이 제게 말씀하시기를 벗은 함께 살지 않는 아내요, 한 탯줄에서 나오지 않은 형제라고 했습니다. 벗이란 이렇게 소중한 것입니다. 이 세상의 내로라하는 양반님네 중에서 선생님의 가르침을 받고자 하는 이가 수두룩합니다만 선생님은 그런 분들은 상대도 하지 않으셨습니다. 그런데 지금 엄 행수로 말하자면 마을에서 가장 천한 막일꾼으로서 마주 서기 부끄러운 사람입니다. 선생님이 그의 인격을 높여 스승이라고 일컬으면서 장차 교분을 맺어서 벗이 되려

* 선귤자는 조선 후기 실학자 이덕무(1741~1793)의 호. 서얼 출신으로 등용되지 못하다가 규장관 검서관을 지냈다.
* 지금의 서울 종로 탑골공원 주변인 듯하다.

고 하시니 저까지 부끄러워 견디지 못하겠습니다. 이제 선생님의 문하를 떠나려고 합니다."

선귤자가 웃으면서 말하였다.

"거기 앉게. 벗에 대한 이야기를 내 자네에게 해 줌세. 속담에도 있거니와 의원이 제 병을 못 보고, 무당이 제 굿을 못 한다고 하네. 제 생각으로는 이거야말로 제가 지닌 장점이라고 믿고 있는 것을 남들이 몰라준다면 어떤 사람이나 속이 답답해서 자기의 허물을 듣고 싶어 하는 척 말을 꺼내게 되네.

그럴 때 칭찬만 하면 아첨에 가까워서 멋대가리가 없고, 타박만 하면 흉보는 것 같아 매정하게 보이네. 그러니까 그의 장점이 아닌 것에 대해서는 정곡을 찌르지 않고 어름어름하면서 딴전을 피운단 말일세. 그러면 설사 책망이 좀 과하더라도 저편에서 골을 내지는 않을 걸세. 왜냐하면 그가 꺼리는 바를 건드리지 않았기 때문이지. 그러다가 숨겨 놓은 물건을 알아맞히는 듯이 그가 장점이라고 믿고 있는 그 점을 슬그머니 언급한다면 마치 가려운 데나 긁어 준 것처럼 속으로 감격할 것일세.

가려운 데를 긁는 데도 요령이 있네그려. 등에 손을 댈 때에는 겨드랑이에 가까이 가지 말고 가슴을 만질 때에는 목을 건드리지 말아야 하네. 칭찬 같지 않게 칭찬하면 왈칵 손목을 잡으면서 자기를 알아준다고 할 것일세. 그래, 이렇게 벗을 사귀면 좋겠는가?"

자목이 손으로 귀를 가리고 내빼면서 말하였다.

"이건 선생님이 저에게 장사치나 하인 놈들이 하는 짓을 가르치고 계신 것입니다."

선귤자가 말하였다.

"그렇다면 자네가 부끄럽게 여기는 것은 과연 저것이 아니라 이것이로군그래. 무릇 장사치는 잇속으로 벗을 사귀고 체면을 차리는 양반님네들은 아첨으로 벗을 사귀네. 본디 아무리 친한 사이라도 세 번 달라고 손 내밀면 멀어지지 않을 사람이 없고, 아무리 원수 같은 사이라도 세 번 베풀면 친해지지 않을 사람이 없단 말일세. 그렇기 때문에 잇속으로 사귀어서는 지속되기 어렵고 아첨으로 사귀면 오래가지 못하는 법이지.

크고 훌륭한 사귐은 꼭 얼굴을 마주할 필요가 없고, 좋은 벗은 꼭 곁에 두고 지낼 필요가 없다네. 오직 마음으로 사귀고 덕으로 벗을 삼아야만 도덕과 의리의 벗이 되는 것일세. 이렇게 하면 천년 전의 옛사람과 벗해도 아득히 멀리 떨어져 있는 것이 아니요, 만 리 밖의 사람과 벗해도 멀리 떨어져 있는 것이 아닌 게 되네.

저 엄 행수란 분이 언제 나와 알고 지내자고 했을까마는 그저 내가 늘 그분을 찬양하고 싶어서 견디지 못한다네. 그는 밥을 먹을 때에는 굴떡굴떡, 걸어 다닐 때에는 어청어청, 잠을 잘 때에는 쿨쿨, 웃을 때에는 허허, 가만히 앉아 있을 때에는 멍하니 바보처럼 보이네. 흙으로 쌓고 짚으로 덮은 움막에 구멍을 뚫어 놓고서는 새우처럼 등을 꾸부리고 들어가서 개처럼 주둥이를 틀어박고 자네. 다시 아침나절에는 즐거이 일어나서 발채(지게에 얹는 소쿠리 모양의 도구)를 짊어지고 똥거름을 치러 마을 안으로 들어오지.

구월에 들어서면 서리가 내리고 시월로 잡아들면 살얼음이 잡히기 마련이라네. 그때 그가 뒷간에서 사람 똥, 마굿간에서 말똥, 외양간에서 소똥, 집안 구석구석에서 닭똥, 개똥, 거위 똥, 돼지우리에서 돼지 똥, 비둘기 똥, 토끼 똥, 참새 똥 따위 똥이란 똥을 귀한 보물처럼 모조리 걸태질*해 가도 누가 염치 뻔뻔하다고 말할 사람이 없다네. 혼자 이익을 남겨 먹어도 누가 의리를 모른다고 말할 사람이 없고, 많이 긁어모아도 누가 양보하지 않는다고 말할 사람이 없다네. 그저 손바닥에다가 침을 탁 뱉어서 삽을 들고는 마치 날짐승이 무엇을 쪼아 먹는 것처럼 허리를 구부리고 꺼불꺼불 열심히 일을 할 뿐이지. 화려한 차림새에도 관심이 없고 풍악을 잡히며 노는 것도 바라지 않는다네. 돈이 많아지고 지위가 높아지는 일을 누가 바라지 않겠는가마는, 그게 또 바란다고 얻어지는 것이 아니기 때문에 그는 애초부터 부러워하지 않는 것이라네. 그러니 그를 찬양한다고 해서 더 영예로울 것도 없고 헐뜯는다고 해서 더 욕될 것도 없네그려.

왕십리의 무, 살고지(지금의 서울 뚝섬)의 순무, 석교의 가지, 오이, 참외, 호박, 연희궁의 고추, 마늘, 부추, 파, 염교, 청파의 미나리, 이태인(지금의 서울 이태원)의 토란 따위를 아무리 기름진 밭에 심는다고

---

* 걸태질은 아무 염치나 체면도 없이 재물을 마구 긁어모으는 일.

하더라도 엄 씨의 똥거름을 가져다가 걸쭉하게 가꿔야만 일 년에 육천 냥 돈을 벌어들일 수 있다네.

그런데 그는 아침에 밥 한 그릇을 먹고 난 다음 기운이 든든해졌다가 해가 저녁때가 되고서야 또다시 한 그릇을 먹네. 누가 고기를 좀 먹으라고 권하면, 고기반찬이나 나물 반찬이나 목구멍 아래로 내려가서 배부르기는 마찬가지인데 입맛에 당기는 것을 찾아 먹어서 무얼 하느냐고 하네. 또 의복을 좀 갖추어 입으라고 권하면, 넓은 소매를 휘두르기에 익숙지도 못하거니와 새 옷을 입고서는 짐을 지고 다닐 수 없다고 대답하네. 해가 바뀌어 설날 아침이 되어서야 처음으로 갓 쓰고 웃옷 입고 띠 띠고 신도 새로 신고 마을 이웃 간을 두루 돌아다니며 새해 인사를 하지. 그러나 그때뿐이라네. 그리고 돌아와서는 헌 옷을 도로 꺼내 입고 발채를 지고 마을 안으로 들어서거든. 엄 행수와 같은 분이야말로 더러운 막일로 자신의 높은 덕을 감춘 채 세상을 크게 숨어 사는 분이 아닌가?

옛글에 이르기를 부귀를 타고난 자들은 부귀하게 지내고 가난하고 미천하게 태어난 자들은 가난하고 미천한 대로 지낸다고 했네. 무릇 타고난 처지란 이미 정해진 것이지. 또《시경》에 이르기를 아침부터 저녁까지 공무를 같이 보는 데에도 타고난 복이 저마다 다르다고 했네. 무릇 모든 사람이 이 세상에 태어날 때 저마다 정해진 복이 있는 것이니 제 타고난 복을 가지고 누구를 원망하겠는가?

그러나 새우젓을 먹게 되면 달걀찌개가 생각나고, 베옷을 입게 되면 모시옷이 입고 싶어지는 법일세. 이로부터 천하가 어지러워지고 백성들이 와 하고 들고일어나 밭이랑이 황폐해지네.

진승, 오광, 항적*의 무리가 그래 농사일이나 하는 데만 만족하고 말 사람들이었겠는가?《주역》에서 짐을 짊어져야 할 사람이 수레를 탔으니 도적을 불러들인다고 한 것은 바로 이것을 두고 한 말일세. 그렇기 때문에 의롭지 않다면 비록 높은 벼슬자리에 올랐다 하더라도 거기에는 깨끗하지 못한 구석이 있기 마련이요, 제힘으로 노력하여 번 것이 아니라면 비록 재산가의 칭호를 얻더라도 그 이름에 고약한 냄새가 나기 마련이라네.

본디 사람의 숨이 떨어지면 입안에 구슬을 넣어 주는 까닭도 깨끗이 가라는 뜻일세그려. 저 엄 행수가 똥을 지고 거름을 메는 일을 업으로 살아가는 것을 지극히 더럽다고 보겠지만 그의 생활은 지극히 향기롭다네. 그가 지내는 곳 또한 지극히 더럽다고 보겠지만 그가 의리를 지키는 점은 지극히 높은 것이라네. 그 뜻을 미루어 생각건대 그에게 아무리 높은 벼슬자리를 준다고 해도 그를 움직이지는 못할 것일세.

이로써 본다면 깨끗한 가운데도 깨끗하지 못한 것이 있고 더러운 가운데도 더럽지 않은 것이 있단 말일세. 나는 먹고사는 일이 견디기 어려운 처지에 이르게 되면 항상 나보다 못한 처지의 사람을 떠올리

---

* 진승과 오광은 중국 진나라 말기 농민 반란의 지도자. 항적은 중국 진나라 말기 군인이자 훗날 초나라 패왕이 된 항우.

게 되는데, 엄 행수를 생각하면 견디지 못할 일이 없다네. 진심으로 애초부터 도적질할 마음이 없기로 말하면 엄 행수 같은 분이 없다고 생각하네. 이 마음을 더 키워 나간다면 성인도 될 수 있을 것일세.

무릇 선비가 좀 궁하다고 해서 궁한 기색을 드러내도 수치스러운 노릇이요, 출세한 다음 제 몸만 받들기에 급급해도 수치스러운 노릇일세. 아마 엄 행수를 보기에 부끄럽지 않을 사람이 거의 드물 것일세. 그렇기 때문에 나는 엄 행수를 선생으로 모시려고 하고 있단 말일세. 어떻게 감히 벗으로 사귀겠다고 하겠는가. 이런 까닭에 나는 엄 행수를 감히 이름으로 부르지 못하고 예덕 선생이라고 일컫는 것일세."

민 노인전

민 노인은 남양 사람이다. 무신년 난리*에 종군했던 공으로 첨사 벼슬을 하였으나, 그 뒤로 집에 들어앉아 다시는 벼슬살이를 하지 않았다. 그는 어려서부터 민첩하고 총명했다. 옛사람의 뛰어난 절개와 거룩한 업적을 사모하여 늘 의롭지 않은 일에 떨쳐 일어서려 하였으며, 그들의 전기를 읽을 때마다 감탄하여 눈물을 흘리지 않은 적이 없었다.

그가 일곱 살 때 바람벽에 큰 글씨로 이렇게 썼다.

"항탁이 스승이 되던 나이다."*

열두 살 때는 이렇게 썼다.

"감라가 장수가 되던 나이다."*

열세 살 때는 이렇게 썼다.

"외황 아이가 유세를 하러 다니던 나이다."*

---

* 무신년 난리는 1728년에 이인좌, 정희량 들이 영조에 대항해 군대를 일으킨 사건.
* 공자가 길에서 항탁을 만나 이야기를 했는데, 항탁이 어리지만 아는 것이 많고 지혜로워 스승으로 삼았다고 한다.
* 감라는 중국 진나라 말기 재상. 열두 살에 사신이 되어 조나라를 설득해 성 다섯 개를 받아 냈다.
* 항우가 외황을 공격하여 남자들을 파묻으려 하자 외황의 열세 살 소년이 항우를 설득하여 외황 백성들의 목숨을 구하였다.

열여덟 살 때는 이렇게 썼다.

"곽거병*이 흉노를 정벌하러 기련산을 넘던 나이다."

스물네 살 때에는 이렇게 썼다.

"항적이 반란을 일으켜 강을 건너던 나이다."*

나이 마흔이 되도록 아무런 공명도 이루지 못하자 또 큰 글씨로 이렇게 썼다.

"맹자가 마음의 동요를 일으키지 않던 나이다."

이렇게 해마다 부지런히 썼기에 바람벽이 온통 새까맣게 되고 말았다. 그가 일흔 살이 되던 해에 그의 아내가 조롱 삼아 말했다.

"영감, 올해는 벽에 까마귀를 그려 보실라우?"

민 노인이 화를 내기는커녕 도리어 반색하며 말했다.

"임자는 어서 먹을 가시오!"

그러고는 마침내 큰 글씨로, 이렇게 썼다.

"범증이 기묘한 계책을 좋아하던 나이다."*

그러니 아내가 화를 내며 말하였다.

"계책이 아무리 기묘하다 한들 두었다가 언제 쓰시려우?"

이에 민 노인이 웃으며 말했다.

---

* 곽거병은 중국 전한의 장군.
* 항적(항우)은 스물네 살에 처음 군사를 일으켜 진나라 군대에 포위당한 조왕을 구하기 위해 오강을 건넜다.
* 범증은 중국 초나라의 장군. 범증은 일흔 살에 항우의 숙부인 항량을 찾아가 진나라에 대항해 반란을 일으키라고 설득하였다.

"옛날에 강태공은 여든 살에 매처럼 용맹했는데* 지금 나는 그에 견주면 셋째나 넷째 아우뻘밖에 되지 않는단 말이오."

내 나이 열일곱, 열여덟이 되던 지난 계유년(1753), 갑술년(1754) 즈음에는 오랫동안 몸이 성치 못해서 정신마저 피로해 버렸다. 그래서 음악, 서화, 옛 칼과 거문고 들을 비롯해 갖가지 골동품으로 시간을 보내기도 하고, 우스갯소리나 옛이야기를 잘하는 사람들을 불러들여 마음을 위로해 보기도 하였으나 울적한 기분을 풀어헤치지는 못하였다.

그때 어떤 사람이 민 노인을 소개하면서 노래도 잘 부르고 말솜씨도 아주 좋고 호탕하면서도 익살스러워서 그와 만나 이야기하는 사람은 모두 속이 시원해진다고 하였다. 나는 그 말을 듣고 몹시 기쁜 나머지 곧 그와 함께 와 달라고 부탁하였다.

이윽고 민 노인이 왔을 때 나는 때마침 사람들과 함께 음악을 연주하고 있었다. 그런데 민 노인은 아무런 인사도 없이 그저 물끄러미 통소 부는 사람을 들여다보다가 고만 그의 따귀를 후려갈기면서 크게 꾸짖는 것이 아닌가.

"주인은 즐거워하는데 당신이 무슨 까닭으로 골을 내는 것이오?"

내가 깜짝 놀라 그 까닭을 묻자 민 노인이 말했다.

"저 사람이 눈을 부릅뜨고 얼굴에 핏대까지 올렸으니, 그래 그게 골

---

* 강태공은 중국 주나라 때 인물. 주 무왕을 도와 은나라를 정벌했다.

이 난 게 아니고 무엇이란 말이오?"

그의 이 말에 나는 고만 크게 웃고 말았다. 그는 이어서 말하였다.

"어찌 퉁소 부는 사람만이 골을 내는 것이겠소. 저기 젓대를 부는 사
람은 얼굴을 돌리고 있는 것이 마치 우는 듯하고, 여기 장구를 치는
사람은 찡그리고 있는 것이 마치 근심에 싸인 듯하오. 이렇게 온 좌
석이 잠잠하니 큰 공포에 싸인 듯하고, 하인들은 웃고 떠드는 것도
마음대로 하지 못하니 이래 가지고서야 어찌 음악을 즐기며 노는 것
이라 할 수 있겠소?"

나는 곧 음악을 집어치우고 민 노인을 윗자리로 맞아들였다. 그는 키
가 조그마하고 흰 눈썹이 눈을 덮었는데, 이름은 유신이요, 나이는 일흔
셋이었다.

민 노인이 내게 물었다.

"그대는 무슨 병을 앓소? 머리가 아프오?"

"아니오."

"배가 아프오?"

"아니오."

"그러면 병이 없는 것이구려."

그러더니 미닫이를 밀어젖히고 들창을 열었다. 바람이 쏴 하고 불어
들어와 내 마음속도 약간 시원해지는 듯하고 그전과는 훨씬 다른 것 같
았다. 밥을 잘 못 먹고 잠을 잘 못 자는 것이 내 병이라고 이야기하였더
니 그는 벌떡 일어나서 내게 축하 인사를 하였다. 내가 놀라서 물었다.

"노인장은 무엇을 치하하시는 것입니까?"

그가 말하였다.

"그대의 집안이 가난한 터에 밥을 잘 먹지 않는다니 그만큼 재산에 여유가 생길 것이요, 잠을 잘 안 자면 그만큼 남보다 밤을 더 사는 것이니 생활이 곱절로 길어질 것이오. 재산에 여유가 생기고 생활이 곱절로 길어지면 그것은 오래, 그리고 부유하게 살게 된 셈이라오."

조금 있다가 밥상이 나왔으나 내가 얼굴을 찡그리고 먹지 못하면서 이것저것 집어서 냄새만 맡고 있었더니 민 노인이 화를 버럭 내면서 일어나 가려고 하였다. 내가 놀라서 물었다.

"노인장은 왜 화를 내고 일어나시는 것입니까?"

"그대가 손님을 불러 놓고 혼자만 먼저 밥을 자시려고 하니 그것은 예의가 아니지요."

나는 민 노인에게 사과하면서 그를 붙들어 앉히고 밥상을 차려 내왔다. 그는 조금도 사양하지 않고 옷소매를 걷어 올린 다음 숟가락과 젓가락을 왈각달각 놀리는데, 나는 나도 모르게 입속에 침이 돌고 구미가 당겨 예전처럼 맛있게 밥을 먹을 수 있었다.

밤에 민 노인은 눈을 딱 감고 단정히 앉았다. 내가 말을 걸려고 했으나 그는 더욱 입을 닫고 말하지 않아 다소 무료해졌다. 한참 만에야 그가 일어나 촛불을 돋우면서 말하였다.

"내가 젊어서는 무엇이든 한 번만 보면 죄다 외웠는데 이제는 제법 늙었소. 그대와 약속을 정하고 평소에 보지 못한 책을 눈으로 두세 번 읽어 본 다음에 곧 외기 내기를 해 보고 싶소. 만약에 한 글자라도 틀리면 약속대로 벌을 받기로 합시다."

나는 그의 나이가 많은 것을 업신여겨 그렇게 하자고 승낙하였다. 그러고는 곧 책탁자에서 《주례》*를 끄집어내어 그는 〈고공기〉 편을 짚고 나는 〈춘관〉 편을 짚었다. 얼마 지나지 않아 그가 소리 지르며 말하였다.

"나는 다 외웠소."

그때 나는 채 한 번도 내려 읽지 못한 상태였다. 놀란 나는 그에게 잠깐 기다리라고 하였으나 그가 나를 자꾸 쓸까슬렀다*. 그러는 바람에 더 외우지는 못하고 자꾸만 졸음이 와서 고만 잠들어 버리고 말았다. 이튿날 그에게 어제 왼 것을 아직 잊지 않았느냐고 물으니 그는 웃으면서 말하였다.

"나는 처음부터 외지를 않았소."

어느 날 밤 민 노인과 더불어 이야기하는데 그가 같이 앉은 사람들을 마음대로 조롱하고 꾸짖어도 아무도 대꾸하지 못하였다. 그러다가 그 가운데 한 사람이 민 노인의 입을 막아 보려고 이렇게 물었다.

"노인장은 귀신을 본 일이 있습니까?"

"보다마다."

"그래 귀신이 어디 있습니까?"

* 《주례》는 중국의 경서로 주나라의 이상적인 행정제도에 관해 자세히 설명한 책.
* '쓸까슬다'는 남을 추기었다 낮추었다 하여 비위를 거스른다는 뜻.

민 노인은 눈을 크게 뜨고 바라보다가 어떤 손님이 등불 뒤에 앉는 것을 보고는 크게 소리 지르면서 말하였다.

"저기 귀신이 앉았네."

그 손님이 화를 내면서 따지고 들자 이렇게 말하였다.

"대개 밝은 데 있는 것은 사람이요, 어두운 데 있는 것은 귀신일세. 지금 저 손님은 어두운 데 앉아서 밝은 데를 내다보며 제 형체를 숨기고 사람을 엿보는 꼴을 하고 있으니 저 꼴이 바로 귀신이 아닌가?"

온 방 안이 다 함께 웃었다.

"노인장은 신선을 본 일도 있습니까?"

"보다마다."

"그래 신선이 어디 있습니까?"

"집이 가난한 사람이 신선일세. 돈이 많은 사람은 항상 세상에 애착을 느끼고 있지만 가난한 사람은 세상에 싫증을 느끼기 마련이네. 세상에 싫증을 느끼는 이가 곧 신선이 아니겠나?"

"노인장은 이 세상에서 가장 오래 산 사람을 보신 일이 있습니까?"

"있다마다. 아침나절에 내가 숲에 들어갔더니 두꺼비와 토끼가 제가끔 제 나이가 많다고 다투데. 토끼가 두꺼비더러 나는 팔백 살을 산 팽조*와 동갑이라 너는 내게 까마득한 동생뻘이라고 말했더니 두꺼비가 고개를 푹 숙이고 고만 울더란 말일세. 토끼가 깜짝 놀라서 왜

---

* 팽조는 팔백 살을 살았다는 중국 전설 속의 인물.

우냐고 물으니까 두꺼비는 이렇게 말했다네.

'나는 동쪽 이웃집의 어린애와 동갑인데 그 애는 다섯 살 때부터 글을 읽었다. 그는 천지개벽한 뒤로 역대의 왕조 변혁을 꿰뚫어 내려오기 때문에 진나라, 한나라, 당나라를 언뜻 지나서 아침에는 송나라, 저녁에는 명나라에 이르렀다. 그렇게 이런 일 저런 일 들이 변해 돌아가는 판에 기쁜 일도 있고 놀라운 일도 있거니와 죽은 사람을 조문하고 떠나는 사람에게 작별 인사를 하기도 하면서 지루하게도 오늘까지 끌어오고 있다. 그러나 귀도 밝아지고 눈도 밝아지고 이는 더 나고 머리털은 더 길어지고 있으니 나이 많기로는 이 어린애만 한 사람이 없을 것이다. 팽조는 겨우 팔백 살로 일찍 죽어 버려서 세상 경력이 많지 않고 일을 해 본 것도 오래지 못할 것이라 내가 그래서 슬픈 생각이 든다는 말이다.'

토끼가 이 말을 듣더니 절을 하면서 '당신은 우리 할아버지뻘이 되십니다.' 하고 내빼 버리데그려. 이것으로 미루어 봐서는 아마도 글을 많이 읽은 사람이 가장 오래 사는 것 같네."

"노인장은 이 세상에서 가장 맛난 것을 보신 일이 있습니까?"

"보다마다. 달이 그믐께로 들어서면 썰물이 나가고 갯바닥이 드러나거든. 그걸 갈아서 밭을 만들고 바닷물을 대어 굽는단 말일세. 그러면 굵은 것은 수정처럼 되고 가는 것은 백금처럼 되네. 무슨 음식이나 맛을 내자면 소금이 안 들고 어떻게 되겠나?"

모든 사람이 다 옳다고 하면서 단지 장생불사하는 약은 그도 보지 못하였을 것이라고 말하였다. 그는 웃으면서 말하였다.

"이건 내가 아침저녁으로 늘 먹는 것인데, 어찌 그걸 보지 못하겠나? 큰 산골에서 자라는 소나무에는 단 이슬이 맺히고 그것이 떨어져 땅으로 들어가서 천년이 지나면 복령*이 되네. 인삼은 나주 땅에서 자란 것이 으뜸인데 형체가 고르고 빛이 붉으며 사지를 갖추고 쌍상투를 짠 것이 마치 동자처럼 생겼다네. 또 천년 묵은 구기자는 사람을 보고 짖는다네.

내가 이런 것을 먹으면서 다른 음식은 입에 대지 않은 지 그럭저럭 백일이 되었네그려. 숨을 헐떡이면서 거의 죽게 되었을 적에 이웃 할머니가 와 보고는 한숨을 지으면서 '임자의 병은 주림증이오. 옛날에 신농씨*가 온갖 풀을 맛본 다음 오곡을 처음으로 심기 시작했소. 병을 다스리는 것은 약이요 주림증을 고치는 것은 밥이니, 임자의 증세는 오곡이 아니고는 고치지 못할 것이오.' 하고는 쌀이며 좁쌀로 밥을 지어 나를 먹이는 바람에 죽지 않았네. 장생불사 약으로 밥만 한 것이 없더군. 내가 아침에 한 그릇, 저녁에 한 그릇 이렇게 먹어 온 지가 벌써 칠십여 년이란 말일세."

민 노인은 무슨 말을 묻든지 간에 이리저리 끌어다 붙이는데도 불구하고 그 말이 그럴듯하여 이치에 들어맞을 뿐 아니라 은근한 풍자의 뜻

---

* 복령은 땅속에서 소나무 따위의 뿌리에 붙어 자라는 둥근 버섯으로 약재로 쓰인다.
* 신농씨는 중국 고대 전설의 제왕. 농사짓는 방법을 알려 주고, 온갖 풀을 직접 맛보아 해독을 하였으며, 한의학을 처음 시작했다고 한다.

도 담고 있었다. 대체로 보아 그는 훌륭한 변론가였다. 다른 손님들이 아무리 물어봐야 민 노인의 말이 막히기는 고사하고 도리어 자기들이 더 물을 것이 없으니까 나중에는 분이 올라서 말하였다.

"그래 노인장이 무슨 무서운 것을 보셨습니까?"

그는 한참 잠자코 있다가 갑자기 소리를 뻑 질렀다.

"무섭다, 무섭다 해도 제 자신보다 더 무서운 것은 없네. 제 오른눈은 용이 되고 왼눈은 호랑이가 되고 혓바닥 밑에는 도끼를 감춰 두었고 팔목을 굽히면 활이 되네. 처음 생각은 천진난만한 젖먹이 같다가도 조금만 비뚤어지면 오랑캐가 되고 마는 것일세. 만약 경계하지 않으면 제가 저를 씹어 먹고 긁어 먹고 찔러 죽이고 쳐 죽일 것일세. 그래서 성인이 제 욕심을 절제해서 예절을 따르게 하고 간사한 생각을 막아서 진실한 마음으로 일관하게 한 것이니, 이렇듯 성인은 스스로를 두려워하지 않은 적이 없다네."

이렇게 수십 가지를 질문하여도 모두 척척 답변을 해대니 그의 말은 한 번도 꿀려 본 적이 없었다. 자기가 자기를 찬양도 하고 칭찬도 하다가 또 남들을 조롱하기도 하고 빈정거리기도 하였다. 그의 말에 사람들이 모두 배꼽을 잡고 웃어도 그 자신은 얼굴빛 하나 까딱하지 않았다.

어떤 사람이 황해도에서 황충이 들끓어서 관가에서 백성들을 풀어 잡느라 야단이 났다고 말하자 민 노인이 물었다.

"황충은 잡아서 무얼 하나?"

어떤 사람이 말하였다.

"그게 벌레입니다. 첫잠 자는 누에보다 조금 작은데 색깔이 알록달록하고 털이 있습니다. 날아다니는 것은 며루라고 하고 곡식에 붙은 건 계심이라고 합니다. 며루나 계심이나 모두 곡식의 씨를 없애기 때문에 잡아서 묻어야 합죠."

민 노인이 말하였다.

"그런 조그마한 벌레는 걱정할 것 없네. 내가 보기에는 종로 거리를 가득 메우고 다니는 것들 모두가 황충일세. 키가 전부 일곱 자에, 머리는 까맣고, 눈은 반짝이고, 아가리가 커서 주먹이 들어갈 정도인데, 그 입으로 늘 웅얼거리고, 몸은 구부정한 것이 줄지어 다닌다네. 곡식의 씨를 없애는 데는 아마도 이 무리보다 더한 것이 없지만, 내게 큰 바가지가 없어서 잡아 담지 못하였네그려."

곁에 있던 사람들이 정말로 그런 벌레가 있는 줄 알고 모두 무서워하였다.

하루는 내가 민 노인이 오는 것을 보고 있다가 그에게 수수께끼를 내었다.

"입춘날 글씨에 늙은 개가 우는구나!"

그가 웃으며 말하였다.

"입춘날 글씨는 문에다가 붙이는 것이니 그것은 바로 내 성인 민(閔)이요, 늙은 개는 잘 물지 못하는 것이 마치 이가 빠져 말소리가 분명하지 못한 나를 닮았으니 그것은 바로 나를 욕하는 것이렷다. 만약 그대가 늙은 개를 무서워한다면 개를 없애 버리고, 개가 우는 것이 듣기 싫다면 입을 막아 버리구려. 그런데 '삽살개 방(尨)' 자에서 '개 견(犬)' 자 변을 떼면 '큰 방(尨)' 자로 되고 '울 제(啼)' 자에서 '입 구(口)' 변을 떼면 '임금 제(帝)' 자가 되오. '제(帝)'는 조화란 뜻이요 '방(尨)'은 방대하다는 뜻인데, 이 '제' 자에다가 '방' 자를 붙이면 '용 용(龍)'자와 같은 글자가 되어 버리니, 그대가 나를 욕하려 하다가 도리어 좋게 찬양한 셈이구려."

이듬해에 민 노인은 세상을 뜨고 말았다. 그가 비록 익살스럽고 호탕하기는 했으나 천성이 맑고 곧아 좋은 일에 힘썼다. 더구나 《주역》에 밝고 《노자》의 말을 좋아했는데 책이란 책은 보지 않은 것이 없다고 한다.

아들 둘이 모두 무과에 급제하였으나 아직 벼슬은 얻지 못하고 있다. 올해 들어서면서 내 병은 더해지고 있으나 민 노인을 다시 만날 수는 없다. 그래서 나와 더불어 나누었던 수수께끼, 우스갯소리, 재담, 풍자 들을 적어서 '민 노인전'을 쓴다. 때는 정축년(1757년) 가을이다.

내가 그의 삶을 추모해서 다음과 같은 글을 지었다.

"아하! 민 노인은 괴상하기도 하고 기이하기도 하고 의아스럽기도 하고 놀랍기도 하다. 기쁘기도 하고 노엽기도 하고 얄밉기도 하다. 바람벽에 그린 까마귀가 결국 매가 되지 못하고 말았듯이 민 노인은 뜻 있는 선비였지만 늙어 죽도록 자기의 뜻을 펼쳐 보지 못했다. 내가 그를 위해 전을 쓴다. 아하! 이로써 그의 이름이 아주 사라져 버리지는 않을 것이다."

양반전

양반이란 선비 집안을 높여 부르는 말이다. 정선군에 한 양반이 살았는데 마음이 어질고 글 읽기를 좋아하여 군수가 새로 부임할 때마다 꼭 그 집에 직접 찾아가서 인사를 하곤 하였다.

그런데 그 양반은 집이 가난하여 몇 해 동안 고을의 환곡*을 꾸어 먹은 것이 모두 천 석에 이르렀다. 어느 날 감사가 각 고을을 순행하면서 환곡에 대한 문서를 검열하다가 크게 화를 내며 말하였다.

"어떤 양반 작자가 이렇게 군량을 축냈는가?"

그러고는 곧 그 양반을 잡아 가두라고 명령하였다.

군수는 그의 형편이 구차하여 갚을 도리가 없는 줄 알고 차마 가두지는 않았지만 그렇다고 무작정 보아주기만 할 수도 없는 노릇이었다.

양반이 밤낮 울기만 할 뿐 어쩔 줄을 몰라 하니 아내가 이렇게 꾸짖었다.

"당신은 평생 글 읽기를 좋아하고 무턱대고 환곡에만 매달리더니,

---

* 환곡은 조선 시대에 관청에서 저장했다가 백성들에게 봄에 꾸어 주고 가을에 이자를 붙여 거두던 곡식.

체, 양반이 한 푼 값도 못 되는구려."

한편, 그 마을에는 한 부자가 살고 있었는데, 어느 날 식구들끼리 의논하였다.

"양반은 가난하다고 해도 언제나 존귀하고 영예스러운데 우리는 아무리 부자라고 하지만 신분이 미천해서 감히 말도 타고 다니지 못한다. 양반을 만나면 공연히 굽신거리고 쩔쩔매면서 기어 들어가 뜰아래에서 절을 올려야 하고, 코를 땅에 대고 무릎으로 기어가야만 하지. 우리는 늘 이렇게 모욕을 당하며 살고 있구나. 그런데 어떤 양반이 몹시 가난해서 꾸어 먹은 환곡을 갚지 못하는 궁색한 처지에 있다더구나. 아마도 끝내 양반 신분을 지키지 못할 것 같다. 그러니 우리가 그것을 사기로 하자."

부자가 그길로 양반을 찾아가서 환곡을 대신 갚아 주겠다고 자청했더니 양반은 대단히 기뻐하며 흔쾌히 승낙하였다. 그리하여 부자는 당장 집에 있는 쌀을 실어 관청에 바쳤다.

이를 본 군수는 크게 놀라는 한편 이상한 생각도 들어서 위로도 하고 환곡 갚은 내력도 물어볼 겸 양반의 집을 찾아갔다. 그랬더니 양반이 털벙거지를 쓰고 짧은 옷을 입고 길가에 엎드려 자기를 소인이라고 하면서 감히 군수를 쳐다보지도 못하는 것이 아닌가. 군수가 크게 놀라 양반을 붙들어 일으키며 말하였다.

"어찌하여 이렇게 자신을 욕되게 하는 것이오?"

그러자 양반이 더욱 공손히 땅에 엎드리며 말하였다.

"황송하옵니다. 소인이 감히 저 스스로를 욕되게 하는 것이 아니오라 제가 이미 환곡을 갚기 위해 양반을 팔았으니 이제부터 양반은 제가 아니라 저 부자입니다. 그러니 소인이 어찌 옛 칭호를 그대로 가지고 앉아 높은 척할 수 있겠습니까?"

군수가 감탄하여 말하였다.

"군자로구나, 부자여! 양반이로구나, 부자여! 부자로서 인색하지 않은 것은 의리요, 남의 급한 일을 도와주는 것은 어진 성품이요, 비천한 것을 싫어하고 존귀한 것을 그리워하는 것은 지혜로다. 그대야말로 진짜 양반이로다.

하지만 개인끼리 매매를 하고 문서를 만들어 놓지 않으면 나중에 말썽이 생기기 쉽다. 내가 그대들을 위해서 고을 사람들을 불러다가 증인을 세우고 매매 문서를 만들어 증거로 남기되 군수인 내가 직접 서명을 하겠다."

군수는 관가에 돌아가서 온 고을의 선비와 농사꾼, 장인, 장사치 들을 뜨락에 불러 모았다. 부자는 향소*의 오른편에 앉고 양반은 아전들의 아래에 섰다. 드디어 문서를 작성하였다.

"1745년 9월 모일 위 두 사람 사이에 문서를 만드는 것은 양반을 팔아서 관가의 곡식을 갚기 위해서인데 그 값은 천 석이다. 무릇 양반이란 부르는 이름부터 여러 가지이니, 글을 읽으면 선비라고 하고 벼슬

* 향소는 지방 고을에서 일하는 관리인 좌수와 별감.

살이를 하면 대부라고 하며 도덕이 높으면 군자라고 한다. 무관은 서쪽에 벌여 서고 문관은 동쪽에 자리를 잡기 때문에 양반이라고 하는데 어느 쪽이나 제 하고 싶은 대로 한다.

비천한 일은 절대로 하지 말며, 옛사람을 본받고 지조를 숭상해야 한다. 언제나 동이 트기 전에 일어나서 유황에 불을 댕겨 기름등잔을 켜 놓고는, 두 발꿈치로 꽁무니를 고이고 앉아 눈으로 코끝을 내려다보며 얼음판에 박통을 굴리듯이 《동래박의》*를 죽죽 내려 외워야 한다.

배고픈 것도 참고 추운 것도 견디며 가난한 사정을 입 밖에 내서는 안 된다. 윗니 아랫니를 마주 쳐서 소리를 내며 손을 들어 뒤통수를 손가락으로 튕겨야 한다. 옷소매로 갓을 쓸어서 먼지를 깨끗이 털며 옷칠이 얼른거려야 한다. 세수할 때 주먹을 쥐고 비비지 말며 양치질할 때 너무 지나치게 하지 말아야 한다. 소리를 길게 뽑아 여종을 부르고 신을 끌면서 천천히 걸어야 한다.

《고문진보》와 《당시품휘》*를 깨알처럼 베껴 쓰되 한 줄에 백 자씩은 써야 한다. 손으로 돈을 만지지 말며, 쌀값을 묻지 말며, 더워도 버선을 벗지 말며, 상툿바람으로 밥상을 받지 말며, 국을 마시기 전에 밥을 떠먹지 말며, 무엇을 마실 때는 훌쩍거리지 말며, 젓가락을 들고

---

*《동래박의》는 168년에 중국 남송의 여조겸이 《춘추좌씨전》에 대해 논평하고 주석을 단 책.
*《고문진보》는 중국 송나라 때 황견이 시문을 모아 엮은 책. 《당시품휘》는 중국 명나라의 고병이 당나라 시를 모아 엮은 책.

방아를 찧지 말며, 날파를 먹지 말아야 한다. 막걸리를 마시다가 수염에 묻은 것을 빨지 말며, 담배를 빨더라도 두 볼을 오물거리지 말며, 분하다고 아내를 치지 말며, 골난다고 그릇을 발길로 차지 말며, 주먹으로 아들딸을 때리지 말며, 종들을 꾸짖을 때 죽으라는 말로 꾸짖지 말며, 마소를 욕할 때 기르는 주인까지 욕하지는 말아야 한다. 병을 앓는다고 해서 무당을 불러 굿을 하지 말며, 제사를 지낸다고 중을 불러 재를 올리지 말며, 화롯불에 손을 쬐지 말며, 이 사이로 침을 뱉지 말며, 소를 몰래 도살하지 말며, 노름을 하지 말아야 한다.

이상의 온갖 행실이 양반에 어긋나면 이 문서를 가지고 관가에 들어와서 따지고 바로잡을 것이다. 성주 정선 군수가 서명하고 좌수와 별감도 확증을 하기 위하여 서명한다."

그다음 잔심부름하는 통인이 관인을 꺼내 덜컥덜컥 소리를 내 가면서 가로도 찍고 세로도 찍었다. 맨 나중에 호장이 문서를 들고 죽 내려 읽었다.

부자는 한참을 서운해 있다가 마침내 말하였다.

"그래 양반이 겨우 이런 정도입니까? 내가 듣기에는 양반이 신선 부럽지 않다더니, 고작 이런 정도라면 너무나 심하게 속은 셈입니다. 어떻게 좀 잇속이 나오도록 고쳐 주십시오."

그래서 문서를 고쳐 만들었다.

"하늘에서 사람을 낼 제 종류가 네 가지인데 그중에서도 선비가 가장 귀하다. 선비는 양반이라고 부르는데 잇속이 그보다 더 큰 것은 없다. 밭도 갈지 않고, 장사도 하지 않는다. 그저 책이나 조금 훑어 읽으면 크게는 문과에 급제하고, 작게는 진사 정도는 떼어 놓은 당상이다. 문과의 홍패*로 말하자면 길이가 두 자에 지나지 않지만 온갖 물건이 전부 갖추어져 있는 만큼 그야말로 돈더미나 다를 바 없다.

진사만 해도 서른 살쯤에는 첫 벼슬을 하게 되는데 조상 덕에 훌륭한 벼슬자리에 앉을 수 있고 더구나 남쪽 큰 고을의 군수 자리에도 오를 수 있다. 일산 바람에 귀밑이 희어지고, 방울 소리에 대답하는 하인 목소리에 뱃가죽이 허예지며, 집 안에 고운 기생을 두고, 뜰아래 두루미를 기른다.

혹시 가난한 시골에서 지낸다 해도 오히려 판을 치게 된다. 이웃집 소를 끌어다가 자기 밭을 먼저 갈게 하고 나중에는 이웃 백성을 붙들어다가 자기 밭의 김을 매게 한들 누가 감히 나를 괄시하랴? 그의 코에 재를 붓고 상투를 풀고 귀밑머리를 뽑아 버린들 감히 원망하지 못할 것이다."

부자는 문서가 채 끝나기도 전에 혀를 빼물고 말하였다.

"그만두시오, 그만두어. 맹랑하구려. 그래 나더러 도적질을 하란 말이오?"

부자는 고만 고개를 설레설레 흔들고 가 버린 다음에는 두 번 다시 양반 이야기를 입 밖에 내지 않았다.

---

* 홍패는 문과에 급제한 사람에게 주는 붉은 종이의 증서.

김 신선전

　김 신선의 이름은 홍기다. 열여섯 살 때 장가들어 하룻밤 동침하여 아들 하나를 낳고는 다시는 아내를 가까이하지 않았다. 신선이 되는 벽곡*을 단행하여 고기와 익은 음식을 먹지 않더니 벽을 마주하고 앉아 버렸다. 그렇게 앉은 지 두어 해 만에 몸이 갑자기 가벼워져서 온 나라 명산을 두루 돌아다녔는데 언제나 몇백 리를 걷고 난 다음에야 비로소 해가 어느 때쯤 되었는지를 쳐다보았다.

　미투리 한 켤레로 다섯 해를 신었으며 험준한 곳에 이르러서는 걸음이 더욱 빨라졌다. 그래도 일찍이 그는 말하였다.

　"옷을 걷고 건너야 할 데도 있고 배를 타고 건너야 할 데도 있으니 내　길이 더뎌지는 수밖에 없지."

　음식을 먹지 않으니 아무 집이나 찾아가 묵어도 싫어하는 사람이 없었다. 겨울에는 솜옷을 입지 않고 여름에는 부채질하는 법이 없었기 때문에 모두들 그를 '신선'이라고 불렀다.

---

* 벽곡은 곡식을 먹지 않고 솔잎, 대추, 밤 따위만 날것으로 조금씩 먹는 일.

내가 예전에 울화증이 있었는데 신선의 도술이 그런 병에 더러 효험이 있다는 말을 듣고는 그를 꼭 만나 보려 하였다. 그래서 젊은이들인 윤 씨와 신 씨를 시켜 은근히 찾아보게 하였는데 열흘 동안 온 서울 안을 이 잡듯 뒤졌으나 결국 찾지 못하고 돌아왔다. 윤 씨가 말하였다.

"전날 홍기의 집이 서학동에 있다는 소문을 들었는데 지금은 거기가 아닙니다. 제 형제의 집에다가 아내와 자식들을 맡겨 놓고 있습니다. 아들에게 물어보니 이렇게 말하더이다.

'아버님께서는 대체로 일 년에 서너 번 다녀가실 뿐입니다. 아버님의 친구 분이 체부동에 사시는데 술을 좋아하고 노래를 잘 부르는 김 봉사라는 분입니다. 누각동 김 첨지라는 분은 바둑을 좋아하고, 그 뒷집의 이 만호라는 분은 거문고를 좋아하지요. 또 삼청동의 이 만호라는 분은 친구를 좋아하고, 미원동의 서 초관과 모교 다리의 장 첨사, 사복 개천의 변지승 같은 분들도 모두 친구도 좋아하고 술도 잘 드십니다. 이문 안에 사는 조 봉사라는 분도 제 아버님 친구분인데 그 댁에는 이름난 화초들이 가득합니다. 또 계동 유 판관이라는 분 댁에는 기이한 책과 옛날 칼이 있다고 하더군요. 아버님께서는 늘 이런 분들과 교제하고 계시니 꼭 만나시려거든 이 가운데 몇 집을 찾아보면 될 것입니다.'

그래서 두루 다니면서 물어보았지만 아무 집에도 없었습니다. 그러다가 해 질 녘에 어떤 집에 찾아갔더니 주인은 거문고를 타고 옆에 있던 두 손님은 잠자코 앉아 있는데 머리가 허옇고 관을 쓰지 않았습니다. 그제야 김홍기를 만났는가 싶어서 가만히 섰다가 거문고가 끝나기를 기다려 앞으로 나아가 '어느 분이 김 선생님이신지요?' 하고 물었습니다. 그랬더니 주인이 거문고를 내려놓으면서 '이 자리에는 김가 성을 가진 사람이 없는데 그대는 왜 묻는가?' 하더군요. 그래서 제가 '일부러 작정하고 감히 찾아온 것이니 노인장께서는 숨기지 말아 주십시오.' 했더니, 주인은 웃으면서, '그대가 아마도 김홍기를 찾아온 모양이나 홍기는 여기 오지 않았소.' 하였습니다. 다시 '그럼 언제쯤 오시는지요?' 하고 물었더니, '그 사람은 거처하는 곳도 일정치 않고, 놀러 다니는 곳도 일정치 않으며, 오는 때도 예정할 수 없고, 가는 때를 약속하는 일도 없소. 그저 오고 싶으면 하루에 두세 번씩 들르다가도 안 올 때는 해포*도 넘긴다오. 홍기가 주로 창동과 회현방에 가서 묵고 또 동관, 배고개, 구리개, 자수교, 사동, 장동, 대릉, 소릉 사이로 돌아다니면서 논다고 합디다. 내가 그 주인들의 이름을 거의 다 모르고 오직 창동만 알고 있으니 그리 가서 물어보시오.' 하였습니다.

그래서 그 집으로 가서 물어보았습니다. 그 집에서는 그 사람이 들르지 않은 지가 두어 달째라며, 장창교 부근에 사는 임 동지라는 사람이 술을 좋아해서 날마다 홍기와 술 겨루기를 한다는데 요사이 거기 있을지 모른다고 일러 주더군요. 그래서 또 그 집을 찾아갔습죠.

* 해포는 한 해가 조금 넘는 동안.

그랬더니 그 임 동지라는 사람은 나이가 여든 살에다가 가는귀가 먹었는데, '쳇, 어젯밤에 술을 잔뜩 먹고 아침나절 술도 채 깨지 않은 채 강릉으로 떠났소.' 하는 게 아니겠습니까? 하도 서운해서 한참 우두커니 서 있다가 '김 씨가 그래 무슨 기이한 점이 있습니까?' 하고 물으니, '그저 밥을 먹지 않을 뿐이지 평범한 사람이오.' 하더군요. '생김새는 어떻습니까?' 하고 물으니, '키가 일곱 자가 넘는데 좀 여위고 수염이 훌륭하지요. 눈동자는 옥빛이요, 귀는 길고도 누렇다오.' 하였습니다. '술은 얼마나 마시는지요?' 하고 물으니, '한 잔만 마시면 고만 취해 버리는데 한 말을 마셔도 더는 취하지 않는다오. 언젠가 술이 취해 길에 쓰러졌다가 순라군*에게 붙잡혀 갔는데 이레가 지나도 깨어나지 않아서 그대로 내보낸 일도 있었지요.' 하였습니다. '말하는 것은 어떻습니까?' 하고 물으니, '여러 사람이 말할 때에는 문득 졸고 앉아 있다가 그 말이 끝나고 나면 그저 자꾸 웃기만 한다오.' 하였습니다. '몸가짐은 또 어떻습니까?' 하고 물었더니, '조용하기는 참선하는 중과 같고 옹졸하기는 수절하는 과부와 같소.' 하였습니다. 제가 알아본 바로는 김홍기는 아마도 이런 사람인 듯합니다."

나는 처음에 윤 씨가 성의껏 찾아보지 않은 것은 아닌지 의심했으나, 신 씨 또한 윤 씨와 마찬가지로 수십 집을 돌아다녔으나 김홍기를 못 찾았다고 하였다.

---

* 순라군은 도둑, 화재 따위를 경계하기 위하여 밤에 궁중과 장안 안팎을 순찰하던 군졸.

어떤 이는 홍기의 나이가 백 살이 넘었고 그의 친구들이 모두 노인이라고 하였다. 또 어떤 이는 홍기가 나이 열아홉 살에 장가들어 곧 아들을 낳았는데 지금 그 아들이 겨우 스무 살 안팎이라고 하면서 홍기가 대략 쉰 살 정도밖에 되지 않았을 것이라고 하였다. 어떤 이는 김 신선이 지리산으로 약을 캐러 들어갔다가 벼랑에서 떨어져서 돌아오지 못한 지 벌써 수십 년째라고 하고, 어떤 이는 그 산에 깊숙한 바위굴이 있는데 지금도 그 속에는 어떤 물건이 환하게 비치고 있다고 하였다. 또 어떤 이는 그 빛이 노인의 눈에서 흘러나오는 빛인데 산골짜기에서 이따금씩 길게 하품하는 소리를 들을 수 있다고 하면서, 지금의 홍기로 말하자면 술을 잘 먹을 뿐이지 다른 도술이 있는 것은 아닌데 공연히 김 신선이라는 이름만 빌려서 행세하며 다니는 것이라고 하였다.

하여튼 내가 복이라는 사내아이를 시켜서 따로 찾아보기도 했지만 끝끝내 김홍기를 찾아내지는 못하였으니, 그해가 계미년(1763)이었다.

이듬해 가을에 나는 동해를 유람하다가 저녁때 단발령에 올라 금강산을 바라보았다. 봉우리가 모두 일만 이천 개라고 하는데 그 빛이 희었다. 그러나 산속에 들어가 보니 단풍나무가 울창하여 한창 붉게 타올랐으며 벚나무와 가래나무는 서리를 맞아 누랬다. 그 사이의 전나무와 노가주나무는 한층 더 푸르러 보였는데 특히 동청나무가 많았다. 나는 온갖 기이한 나무들의 잎사귀가 온통 노랗고 붉은 한가운데를 이리저리 돌아보며 즐거워하다가 가마를 메고 온 중에게 물었다.

"이 산속에 혹 도술을 배운 이상한 중이 있으면 내가 만나 보고 싶은데 그런 중이 있느냐?"

중이 대답했다.

"없습니다. 들으니 선암에 벽곡하는 분이 와 계시다고도 하고, 누구는 그가 경상도 선비라고도 하는데 소승은 잘 모르겠습니다. 선암은 길이 험하여 가는 사람이 없습니다."

밤에 장안사에 앉아 여러 중들에게 다시 물어 보았지만 그 중의 대답과 같았다. 그리고 벽곡을 한다는 그 사람이 꼭 백 일을 채우고 떠나겠다고 했는데 그때가 거의 구십여 일째라는 것이었다.

나는 중들이 말하는 사람이 신선이 분명하다는 생각에 몹시 기뻐서 그 밤에 당장이라도 달려가고 싶었지만, 동행할 사람들이 있어서 이튿날 아침에 진주담에 앉아 한참을 기다렸다. 그러나 모두 약속을 어기고 오지 않았다.

가는 날이 장날이라더니 때마침 감사가 각 고을을 순행하다가 금강산에 들러 이 절 저 절로 돌아다녔고, 그 때문에 각 고을의 원들도 모두 모여들었다. 그러는 바람에 그들이 다니는 곳마다 시중도 들고 대접도 하기 위해 따라다녀야 하는 중이 백여 명은 족히 되었다. 선암까지는 길이 아주 험해 혼자서는 찾아갈 수 없었기에 나는 영원과 백탑 사이만 왔다 갔다 하며 속상해하였다.

그 뒤로 줄곧 비가 내려 엿새 동안을 산속에서 묵고 나서야 비로소 선암에 이를 수 있었다. 선암은 수미봉 아래에 있었는데, 내원통에서 이십여 리나 들어가는 곳이었다. 커다란 바위가 천 길 높이로 솟아 있고 길이 끊어질 때마다 쇠사슬을 쥐고 공중에 매달려 가야만 했다. 비로소 암자에 들어서니 뜰은 텅 비어 새들만 우짖을 뿐 사람은 보이지 않았다. 그저 상 위에 조그마한 구리 부처가 놓였고 오직 신발 두 짝만이 남아 있을 뿐이었다. 나는 몹시 허탈한 나머지 머뭇거리며 우두커니 바라보다가 바윗돌 벽에 이름만 써 놓고 돌아왔다. 선암에는 늘 구름 기운이 돌고 바람이 쓸쓸하였다.

어떤 이가 신선이란 산에서 사는 사람이라고 하였다. 어떤 이는 또 산에 들어가면 신선이 된다고 하였다. 신선이란 선뜻선뜻 가볍게 움직이는 사람을 가리킨다. 벽곡하는 사람이 신선이라고 단정하기는 어렵다. 벽곡하는 사람은 아마도 뜻을 얻지 못해서 울적해하는 사람일 것이다.

광문자전

광문이는 거지다. 일찍이 종로 거리에서 빌어먹으며 다녔는데 거지 아이들이 우두머리로 삼아서 저희들의 소굴을 지키게 했다.

날이 몹시 춥고 눈이 퍼붓던 어느 날, 여러 아이들은 모두 동냥을 나가고 오직 한 아이가 병으로 소굴에 남아 있었다. 조금 지나서 아이가 오싹 추워서 떨며 앓는 소리를 했는데, 그 소리가 아주 슬펐다. 광문이 차마 듣다못해 밥이라도 빌어다가 먹이려고 밖에 나가 밥을 구해 돌아와 보니 아이는 그새 죽었다. 동냥 나갔던 거지들이 돌아와 광문이 아이를 죽인 것으로 의심하고는 우 하고 덤벼들어 광문이를 때려 내쫓았다.

쫓겨난 광문이는 밤중에 엉금엉금 기어서 마을 안 어느 집으로 들어가다가 개가 짖는 바람에 주인에게 붙들려 결박당하였다.

광문이 소리를 질렀다.

"나는 원수를 피해 들어온 것이지, 도적질하러 들어온 것이 아닙니다. 만약에 믿지 못하겠거든 날이 밝은 뒤 거리에 나가 물어보십시오."

광문이의 말이 하도 순진스러워 보여서 집주인도 그를 도적이 아닌 줄 알고 풀어 주었다. 광문이는 집주인에게 고맙다고 인사를 하고서는 거적을 한 닢 달라고 해서 가지고 갔다. 이를 이상하게 여긴 집주인이 광문이 뒤를 밟다가 여러 아이들이 송장 하나를 끌고 수표교로 와서 다리 아래로 내던지는 광경을 목격했다. 그런데 광문이가 다리 밑에 숨어 있다가 자기한테 얻어 간 거적으로 송장을 싸 가지고 서문 밖으로 나가더니 땅에 파묻고는 울면서 중얼거리는 것이 아닌가. 집주인이 광문을 붙들고 그 까닭을 캐묻자 광문이 지난 일과 어제 당한 일을 모두 이야기하였다.

집주인은 광문이를 의리 있는 사람이라 생각하고는 집으로 데려가서 옷을 갈아입히고 잘 대접했다. 나중에는 약방 하는 부잣집에 소개해서 심부름꾼 노릇을 하게 해 주었다.

얼마 지난 뒤 부자가 문을 나서려다가 자꾸만 돌아보고는 방으로 다시 들어가서 자물쇠를 살펴본 다음 미심쩍은 눈치로 나갔다. 이윽고 돌아와서는 깜짝 놀라더니 광문이를 들여다보고 무슨 말을 할 것처럼 하다가 끝내 말하지 않았다. 말은 하지 않았지만 부자는 얼굴빛이 좋지 않았다. 부자가 그러는 까닭을 알 리가 없는 광문이는 약방을 그만두겠다고 말할 수도 없어서 그저 아무 소리 못 하고 몇 날 며칠을 보냈다.

그러던 어느 날 부자의 처조카가 돈을 들고 와서 부자에게 주면서 말하였다.

"요전에 아저씨께 돈을 빌리러 왔다가 마침 아저씨가 계시지 않길래 제멋대로 방에 들어가서 돈을 꺼내 갔습니다. 아마 아저씨는 모르셨을 겁니다."

그제서야 부자는 광문이에게 몹시 미안해하면서 사과하였다.

"내가 생각이 짧았네. 자네같이 점잖은 사람을 의심하다니, 자네를 볼 낯이 없네."

이로부터 부자는 자기가 아는 사람들, 다른 부자들, 큰 장사치들을 만나는 대로 광문이가 의리 있는 사람이라고 추켜세웠다. 또 왕의 일갓집에 드나드는 사람들과 재상집 문객들에게도 광문이를 두루 칭찬하며 다녔다. 왕의 일갓집에 드나드는 사람들이나 재상집 문객들은 그들이 섬기는 이들이 잠을 청할 때 광문이의 이야기를 들려주곤 하였다. 그리하여 두어 달 동안에 사대부들이 모두 광문이가 지금 세상에 찾아보기 어려운 훌륭한 사람이라는 이야기를 듣게 되었다. 서울 안에서는 광문이를 후히 대접한 집주인을 사람을 알아볼 줄 아는 현명한 사람으로, 약방 부자 또한 점잖은 사람으로 모두가 칭송하였다.

그 당시 돈놀이하는 사람들이 전당을 잡고 돈을 빌려줄 때는 반드시 머리꽂이, 패물, 옷가지, 그릇붙이, 가옥, 논밭, 종 문서 따위의 본값을 따져서 액수를 정하였다. 그러나 광문이 보증을 서면 전당도 묻지 않고 광문이의 말 한 마디에 천 냥 돈을 빌려주었다.

광문이는 얼굴도 아주 추하고, 말주변도 남을 움직일 주제가 못 되고, 오직 입이 커서 두 주먹이 함께 들어갈 정도이고, 망석중놀음*을 잘하고, 곱사춤을 출 줄 알았다. 서울 안 건달패들이 서로 쓸까스를 때 네 형

---

* 망석중놀음은 나무로 만든 꼭두각시의 팔다리에 줄을 맨 다음 그 줄을 당겨 춤을 추게 하는 놀이.

이 달문이 아니냐며 약을 올렸는데, 달문이란 광문이의 다른 이름이다.

광문이는 길거리를 지나다가 싸움하는 사람을 만나면 저도 옷을 벗어젖히고 싸움판에 덤벼들어서는 말을 더듬거리면서 땅에다가 금을 그었다. 마치 이쪽과 저쪽의 잘잘못을 따지기라도 하려는 것 같았다. 그러면 싸우던 사람들이나 구경하던 거리의 사람들이 모두 한바탕 웃고 흩어져 가버렸다.

광문은 나이 마흔이 되도록 댕기꼬리를 늘이고 다녔다. 누가 장가를 들라고 권하면 이렇게 말하였다.

"모두들 얼굴이 예쁜 사람을 탐내는데 남자만 그런 것이 아니라 여자도 마찬가지라네. 나는 얼굴이 워낙 추해서 누구에게 나를 바라고 살라 하기가 염치없다네."

또 누가 집을 장만하라고 권하면 이렇게 말하였다.

"부모, 형제, 처자 아무도 없는 사람이 집을 장만해서는 무얼 하겠나? 아침나절 콧노래를 부르며 길거리를 나다니다가 날이 저물면 부잣집이든 지체 높은 집이든 아무 데나 들어가서 자면 되네. 서울 안의 집 호수가 자그마치 팔만이라네. 하루에 한 집씩 돌아도 내 생전에는 다 돌지 못할 걸세."

서울 안의 이름난 기생이 제아무리 얌전하고 아리땁다고 하더라도 광문이가 거들어 주지 않으면 그 값이 채 한 푼어치도 나가지 못했다. 어느 날 왕궁을 호위하는 우림위 군사들과 대궐 안의 별감들과 부마도위 집 하인들이 한패가 되어 운심이를 찾아왔다. 운심이는 당대의 명기였다. 마루 위에 술상을 벌여 놓고 가야금을 뜯으면서 운심이더러 춤을 추라고 하였건만, 운심이는 일부러 머뭇거리면서 선뜻 춤을 추려고 하지 않았다.

밤이 들어 광문이도 운심이를 찾아와서는 한참을 마루 아래에서 서성거리다가 더뻑 자리로 뛰어 들어가서 윗자리에 앉았다. 광문이는 비록 해어진 옷을 입었을망정 조금도 꺼리는 바가 없이 태도와 행동이 태연스러웠다. 그러나 눈가에는 눈곱이 달리고 취한 채 게트림을 하고 북상투*를 땋아서 뒤통수에 붙인 채였다. 그 모습을 본 사람들이 모두 어이가 없어 눈짓으로 광문이를 가리키면서 때려 주자고 하였다. 그러자 광문이는 더욱 앞으로 나앉더니 무릎을 쳐서 장단을 맞추면서 콧노래를 부르기 시작했다. 그제야 운심이도 일어나서 옷매무시를 고치더니 광문이를 위해서 칼춤을 한바탕 추었다. 그렇게 모두들 즐겁게 놀고 나서는 서로 친하게 지내기로 약속하고 흩어졌다.

광문자전 뒤에 붙여 쓴다

내 나이 열여덟에 병을 몹시 앓아 밤이면 오래 부리던 하인들을 불러서 세상에 돌아다니는 이야기를 묻곤 했는데, 그들의 이야기가 거지반 광문이의 일이었다. 어려서 한 번 광문이 얼굴을 본 적이 있는데 몹시

* 북상투는 아무렇게나 막 끌어 올려 짠 상투.

추하게 생겼다. 그때 내가 글짓기를 공부하고 있던 터라 이 '광문자전'
을 지어서 여러 어른들께 돌려 보여 드렸더니, 하루아침에 글 잘 짓는
아이로 크게 칭찬받게 되었다.

그 당시 광문이는 충청도, 경상도의 각 고을을 돌아다니고 있었다.
그가 이르는 곳마다 명성이 자자했고 서울로 다시 돌아오지 않은 지가
벌써 수십 년째였다.

어느 날 떠돌아다니는 거지 아이 하나가 개령(경상남도 김천)에 있는
수다사로 밥을 빌어먹으러 들어갔다. 밤에 중들이 모여 앉아 광문이의
일을 이야기하면서 모두들 사모하고 감탄해서 그를 한번 만나 보지 못
해 한탄하였다. 거기서 거지 아이가 고만 울음을 터뜨렸고 여럿이서 왜
우느냐고 물었더니 거지 아이는 목멘 소리로 자기가 광문이의 아들이
라고 했다. 아이의 말에 깜짝 놀란 중들은 그전에는 바가지에다가 밥을
담아 주더니 이때부터는 사발을 깨끗이 씻어 밥을 담고 수저와 함께 장
과 나물을 갖추어 소반에 담아 대접하였다.

당시 경상도 지방에 역적질을 하려고 음모를 꾸미던 자가 있었다.
그자는 거지 아이가 이런 후한 대접을 받는 것을 보고서는 그 아이를
잘 이용해서 사람들을 속여야겠다는 생각에 조심스레 거지 아이를 꾀
었다.

"네가 나를 작은아버지라고만 부르면 좋은 수가 생길 수 있다."

그자는 광문이의 아우로 행세하면서 이름도 광문이와 항렬을 맞추
어 광손으로 바꾸었다. 어떤 사람이 광문이는 제 성도 잘 모르고 평생

에 형제나 처첩이 없었는데 어디서 장성한 아우와 다 큰 아들이 나왔느냐며 그자를 의심하여 관가에 고발하였다. 관가에서 관련된 모든 사람들을 잡아들여 심문하고 광문이와 맞대면시키니 서로 얼굴도 모르는 사이였다. 관가에서 그자의 목을 베고 거지 아이는 먼 시골로 귀양을 보내 버렸다. 광문이가 옥에서 풀려 나오자 늙은이나 젊은이나 모두 광문이를 보러 가는 바람에 서울 안이 며칠 동안 텅 비다시피 하였다.

광문이가 표철주를 가리키면서 말하였다.

"네가 그래 사람 잘 치던 표 망둥이가 아니냐? 이제는 늙어서 기운을 못 쓰겠구나!"

망둥이는 표철주의 별명이다. 다시 그동안 지내 온 일을 이야기하면서 서로 위로하였다.

광문이가 물었다.

"영성군, 풍원군은 모두 무고들 하신가?"

"벌써 다들 세상을 떠나셨다네."

"김경방은 지금 무슨 벼슬을 하고 있나?"

"용호장*이라네."

광문이가 말하였다.

"그 녀석이 아주 미남자였지. 몸은 비록 조금 비대해도 기생을 안고 담을 훌훌 뛰어넘고 돈을 흙덩이 버리듯 쓰더니, 이제는 귀인이 되었

---

* 용호장은 대궐을 지키고 임금의 수레를 호위하는 군영의 우두머리.

으니 쉽사리 만나 보지도 못하겠군그래. 그러면 분단이는 어디로 갔는지 알고 있나?"

"벌써 죽었다네."

광문이 한숨을 지으면서 말하였다.

"옛날에 풍원군이 밤에 기린각에서 잔치를 치르고 나서 분단이만을 붙들어 하룻밤 재운 일이 있었네. 새벽에 일어나서 대궐 안으로 들어가려는 판인데 분단이가 촛불을 잡고 있다가 그만 실수로 초피* 모자를 태우고 말았네. 분단이가 황송해서 어쩔 줄을 모르니 풍원군이 웃으면서 '네가 부끄러우냐?' 하고 곧 부끄럼풀이로 돈 오백 냥을 주었단 말일세.

그때 나는 분단이의 너울*과 여벌을 싸들고 시꺼먼 귀신처럼 난간 아래 서서 기다리고 있었단 말이야. 그러고 있다니까 풍원군이 창문을 열고 침을 탁 뱉다 말고 분단이에게 몸을 기대면서 귓속말로 '저 시꺼먼 게 무엇이냐?' 하고 물었네그려. 그래 분단이가 '천하에 광문이를 모르는 사람도 있습니까?' 하고 대답하니까 풍원군이 빙그레 웃으면서 '네 시중꾼이로구나.' 하고 나를 부르더군. 그러더니 내게 커다란 잔으로 술 한 잔을 따라 주고 자기도 감홍로주를 따라 일곱 잔을 연거푸 마시더니 가마를 타고 가 버렸네. 이제는 이 모두가 다 옛이야기가 되고 말았네. 그래 요즘에는 서울 안에 고운 계집으로 누가

* 초피는 담비 종류 동물의 털가죽.
* 너울은 예전에 여자들이 나들이할 때 얼굴을 가리기 위하여 쓰던 물건.

가장 유명한가?"

"작은아기일세."

"조방꾼*은 누군가?"

"최박만일세."

"아침나절에 상고당에서 사람을 보내서 내게 안부를 물어 왔네. 내가 듣자니 원교 아래로 이사를 갔다지. 마루 앞에 벽오동나무를 심고 그 아래에서 손수 차를 끓이면서 쇠돌이를 시켜서 거문고를 탄다더군."

"그렇다네. 요즘은 쇠돌이 형제가 한참 들날리는* 판일세."

"옳거니, 그게 김정칠이의 아들이렷다. 내가 제 아비와는 각별히 지냈단 말이야."

광문이가 서운한 기색으로 있다가 한참 만에 계속해 말하였다.

"이건 다 내가 떠난 이후의 일들이로군그래."

광문이는 다 모지라진 머리를 쥐꼬리만 하게 땋아 늘였다. 이도 빠지고 입도 오므라들어서 더 이상 주먹을 넣을 수는 없었다고 한다.

광문이가 표철주에게 또 물었다.

"자네 이제 늙은 몸으로 어떻게 먹고살려 하나?"

"살기가 어려워서 집주릅 노릇을 하고 있네."

"자네가 이제서야 가난을 면하나 보군그래. 그전에는 자네네 재산이 수만금이라고 해서 다들 자네를 금투구라고 부르더니만, 그래 그 금

* 조방꾼은 청루에서 남녀 사이의 일을 주선하고 잔심부름 따위를 하는 사람.
* '들날리다'는 세력이나 명성 따위가 크게 드러나 널리 떨치다. 또는 그렇게 되게 한다는 뜻.

투구는 지금 어디 있나?"

"여보게, 이제 나도 세상 물정을 안다네."

광문이 웃으면서 말하였다.

"자네야말로 재주를 배우자마자 눈이 어두워지는 격*일세그려."

그 뒤로 광문이가 어떻게 되었는지 아무도 알지 못한다고 한다.

* 복이 없다는 뜻.

우상전

  일본의 관백*이 새로 섰다. 그래서 많은 재물을 저축해 두고, 궁전과 관사들을 보수하고, 선박을 수리하고, 관할하는 섬들마다 기이한 사람, 칼 쓰는 사람, 야릇한 기교를 부리는 사람, 상스러운 놀이와 글씨를 쓰는 사람, 그림 그리는 사람, 글 잘하는 사람들을 긁어내어 저희 수도로 모아다가 놓고 수년 동안 연습을 시켜 더 숙련시킨 뒤, 비로소 사신을 보내 달라고 우리나라에 청해 왔다. 마치 큰 나라의 책봉을 받으려고 하는 것과 같았다.

  우리나라에서는 삼품 아래 문관 가운데서 인재를 한껏 골라 세 사신의 정원을 채웠다. 사신의 수행원들은 모두 글이 훌륭하고 학식이 넉넉한 사람들이었다. 천문, 지리, 수학, 점치는 법, 의술, 관상, 무술이 전문인 사람으로부터 악기를 불거나 술을 먹거나 바둑, 장기를 두거나 말을 타고 활을 쏘거나 한 가지 재주로 나라 안에 이름난 사람까지 깡그리 따라갔다. 일본 사람들이 그중에서도 시문과 글씨, 그림을 가장 귀중히

---

* 관백은 일본 천황을 대신하여 통치하는, 막부의 최고 실력자인 쇼군. 1761년(영조 37) 도쿠가와 이에하루가 관백이 되었다.

여겨서 조선 사람의 글씨 한 자만 얻으면 노자 없이도 천 리를 여행할 수 있었다.

조선 사신의 숙소로 정해진 집은 어디서나 푸른 구리 기와로 지붕을 이었으며, 무늬 있는 돌로 뜰을 아로새겼다. 기둥과 난간에는 붉은 칠을 하였고, 휘장은 외국의 화제, 말갈, 슬슬* 같은 유명한 구슬로 장식하였다. 식기도 모두 금칠 아니면 은칠을 한 것들이라 화려하고 사치스러웠다. 천 리를 가는 도중에는 때때로 기이하고 교묘한 구경거리를 차려 놓았을 뿐 아니라, 일행 가운데 백정과 마부까지도 걸상에 앉아 나무통에 발을 담그게 한 다음 꽃무늬 놓은 옷을 입은 사내아이가 때를 씻겨 주었다.

일본 사람들은 이렇게 떠들어 대면서 존경하고 사모하는 뜻을 보였는데도 우리 통역하는 무리들이 범 가죽, 표범 가죽, 잘*, 인삼과 같은 수출 금지 물자를 가지고 와서 몰래 구슬, 칼 따위와 교역하는 통에 그곳 거간꾼들이 잇속을 노리고 재물에 눈이 뒤집혀 몰켜들었다.* 그 뒤로 일본 사람들은 겉으로는 여전히 공경하는 체했지만 더 이상 문명인으로 존경하지 않았다.

우상(이언진)이 한어(漢語) 역관으로 따라갔다가 홀로 한문을 잘하여 일본 안에 크게 이름을 떨쳤다. 일본의 유명한 중과 존귀한 계층의 인물

---

* 화제, 말갈, 슬슬 들은 모두 보석의 일종.
* 잘은 검은담비 털가죽.
* '몰키다'는 한곳에 빽빽하게 모인다는 뜻.

들이 모두 운아 선생은 둘도 없는 큰 선비라고 입을 모아 칭찬하였다.

대판(일본 오사카)의 동쪽으로 들어서면서 절은 여관집 같고 중은 기생 같은데 시문을 청하는 것이 꼭 장기, 바둑을 두자고 하는 것과 다름이 없었다. 그림 있는 시를 쓰는 종이나 꽃무늬 놓은 두루마리를 책상과 걸상에 가득 쌓아 놓고 짓기 힘든 운자를 추려 내어 곤란하게 만들었지만, 우상은 그전에 지어 둔 것을 외우듯이 언제나 그 자리에서 죽죽 시를 읊었다. 운자를 다는 것도 평안하고 타당하였으며, 조용히 끝을 마치기까지 어려운 빛도 보이지 않았고, 맥 빠진 말도 내놓지 않았다.

그가 지은 시 가운데 '바다 위를 유람하면서[海覽篇]'는 다음과 같다.

땅덩이 위의 일만 나라가

바둑알 놓은 듯 뭇별을 벌인 듯

오나라와 월나라는 상투를 틀고

천축(인도) 사람은 중의 대가리

제나라와 노나라는 소매가 넓은데

북방의 오랑캐는 털로 짠 의복일세.

어떤 것은 보기에 훌륭도 하고

어떤 것은 한눈에도 서틀러 보이나

무리로 나누고 끼리끼리 모아 보면

이 땅의 그 무엇도 모두 다 마찬가지.

일본이라 부르는 나라를 볼작시면

깊고 높은 물결 속에 싸여 있는 섬나라

바다 건너 멀리멀리 동쪽에 자리 잡아

그곳은 바로 뜨는 해를 맞는 곳

아낙네 일이란 염색과 수예

귤과 유자가 풍토에 제격일세.

야릇한 물고기 장거(낙지)라는 놈도 있고

이상한 나무로는 소철도 있네.

이 나라 으뜸산과 방전(방초 들판)이란 것은

뭇별에 대하면 북극성인 격이지.

남과 북으로 봄가을 다르고

동과 서로는 낮밤이 다르다.

중앙의 지형은 엎어 놓은 항아리

태곳적 흰 눈이 창공에 빛난다네.

황소도 가릴 만큼 커다란 재목과

까치 잡이에 쓰이는 곱디고운 옥돌과

단사며 금이며 또는 주석이

모두 다 여기저기 산에서 난다네.

대판은 실로 커다란 도시라

바다의 보물이 무진장이로구나.

기이한 향이 나는 용연을 사르고

보석인 아골은 더미로 쌓였네.

코끼리 입에서 뽑은 어금니

물소 머리에서 잘라 낸 뿔들

파사(페르시아) 사람도 눈이 부시며

절강의 저자도 무색케 되리.

바다 안의 땅과 땅 안의 바다

그 가운데 오만 가지 없는 것 없다.

자라 등에는 돛폭이 활짝

미꾸리 꼬리엔 깃발이 펄펄

굴 조개껍질은 보루를 쌓은 듯

홱 바뀌었다 산호 바다로

바닷속 퍼진 불길 음산도 하여라.

홱 바뀌었다 검붉은 바다로

노을 비친 구름은 다채로울 뿐이로다.

홱 바뀌었다 수은 바다로

만 알의 별들이 펼쳐진 듯하구나.

홱 바뀌었다 염색 가게로

천 필의 비단이여 그저 찬란할 뿐

홱 바뀌었다 대장간으로

온갖 쇠붙이 그 빛을 자랑하네.

어린 용 날아올라 하늘을 치받으니

천 개 벼락 만 개 번개 이리저리 볶아친다.

이른바 발선과 마갑주*라 하는 것은

기이하다 못해 황홀해 보이도다.

빨간 알몸에 갓만 쓴 백성

독하게 쏘아대니 그 모습 전갈 같고

일 만나면 요란 떨고 생쥐처럼 교활하네.

잇속 있는 데라면 어디든 노리고

수가 조금 틀리면 화다닥 지끈 덤벼든다.

계집들은 사내에게 희롱하기 잘하고

나 어린 아이들도 꾐수가 일쑤로다

제 조상 대신에 뜬 귀신 위하고

부처는 믿으나 살생을 즐긴다네.

글씨라고 써 놓은 건 까마귀 그림 같고

시라고 지은 것은 오랑캐 소리로다.

남녀 간에 노는 꼴 짐승과 같고

벗들끼리 다니는 것도 고기 떼 같다.

무어라 새처럼 지절대는 말

통역도 가끔씩은 알아듣지 못하고

풀 나무 이름들이 하도 기이해

나함*이 저서를 불사를 지경이라네.

* 발선은 민물고기인 드렁허리, 마갑주는 꼬막. 둘 다 일본 특산물이다.
* 나함은 중국 동진의 문인.

흐르는 강물은 백 갈래로 흐르니

역씨*라도 무식을 면치 못하리.

바다 소산의 요괴한 것들은

사급*의 책도 올리지 못했고

고물에 새긴 고대의 글은

정백*이 또다시 붓을 잡으리

지구의 곳곳이 같고 또 다르고

각 처의 섬들이 어떻고 또 어떻고.

서양 사람 이마두*라는 사람이

선 긋고 칼 베듯 똑똑히 밝혀 놓았네.

못난 내가 이 시를 진술하노니

말 비록 속되나 뜻은 진실타

이웃과 친선함이 나라의 큰 정책이니

붙들어 매 두어 사이좋게 지내자.

　　우상 같은 사람이야말로 어찌 나라 빛내는 영예를 이룬 사람이 아니

겠는가? 옛날 임진왜란 때 일본의 풍신수길(도요토미 히데요시)이 몰래

* 역씨는 중국 북위의 지리학자 역도원.
* 사급은 이탈리아 출신 예수회 선교사 알레니의 자. 세계 여러 나라 풍물을 기록한 《직방외기》를
　썼다.
* 정백은 중국 양나라 때의 인물. 역대 제왕들과 각국 인물들의 칼과 검에 대하여 기술한 《고금도검
　록》을 썼다.
* 이마두는 이탈리아의 예수회 선교사 마테오 리치의 중국 이름.

군대를 이끌고 우리나라를 습격해서 한양, 개성, 평양 세 서울을 짓밟고 어른과 아이를 살상하고 삼한의 옛 터에 왜철쭉과 동백을 심어 놓았다. 선조 대왕이 압록강가로 피난 가서 명나라에 알렸더니, 명나라에서 크게 놀라 온 중국의 군대를 동원하여 구원하러 왔다. 그때 구원군의 대장군 이여송, 제독 진린, 마귀, 유정, 양원은 옛날 명장의 풍모를 보였으며, 어사 양호, 만세덕, 형개는 문무의 재주를 겸하고 귀신도 놀랄 만한 전략을 가졌다. 병사들은 감숙, 섬서, 절강, 등주, 귀주, 내주의 말 잘 타고 활 잘 쏘는 사람과 대장군의 사사로운 부하 천 명, 그리고 유주와 계주의 칼 잘 쓰는 사람들이었다. 그러나 마침내 일본 군대와 부닥뜨려서는 겨우 그들을 국경 밖으로 몰아낼 수 있었을 뿐이다.

그 뒤 수백 년 동안 사신 행차가 자주 동경(일본 도쿄)까지 다녔는데도 오직 체모를 근신하고 외교 절차를 엄격히 하는 데 그쳤던 만큼, 그들의 풍속, 가요, 인물, 지리, 강하고 약한 형편과 같은 것은 꼬물도 모른 채 빈손으로 오고 가고 하였다. 우상이 힘으로는 붓 하나를 들기에도 어려웠지만 붓촉을 빨고 털끝을 가다듬어 바닷길 만 리나 되는 남의 나라 수도에 가서 나무가 시들고 냇물이 마르게 하였다. 이야말로 붓을 가지고 강산을 함락시켰다고 하더라도 지나치지 않는다.

우상의 이름은 상조다. 일찍이 자기 화상에 이런 글을 썼다.

"공봉의 이백, 업후의 이필에다가 이철괴*를 합하면 창기가 될 것이

---

* 이백은 당나라 시인, 공봉은 그의 벼슬 한림공봉을 이른다. 이필은 당나라 문장가, 업후는 이필이 업현 고을 후작이 된 것을 이른다. 이철괴는 전설 속 여덟 신선 가운데 한 사람.

다. 옛날의 시인, 옛날의 선인, 옛날의 산인이 모두 이씨나."

우상의 성이 이씨요, 또 하나의 별호가 창기였던 것이다.

대개 선비는 저를 알아주는 사람에 의해서 드러나고 저를 알아주지 못하는 사람에 의해서 굴욕을 당한다. 해오라기와 비오리는 대단치 않은 새이건만 오히려 제 깃과 털을 사랑해서 맑은 물에 비추고 섰다가 돌아 날아서 비로소 앉는다. 사람이 글을 잘 짓는 것이야 어찌 새의 깃이나 털의 아름다움으로 비교하고 말 것인가?

옛날 형가가 밤에 검술을 토론할 적에는 개섭이 골을 내며 눈을 흘겼지만, 고점리가 현악기를 타는 데 이르러서는 사람이 있는 것도 상관없이 서로 붙들고 울었다*. 즐거움이 지극하였던 것이나 다시 뒤이어 우는 것은 무슨 까닭인가? 속마음에 감격해서 까닭 없이 슬퍼진 것이다. 비록 본인에게 묻는다고 하더라도 그들 자신도 역시 무슨 마음이라는 것을 알지 못했을 것이다. 문장의 높고 낮음을 평가하는 것이야 어찌 칼 쓰는 사람의 기교에 견주겠는가?

우상은 그 아니 불우한 사람이었던가? 어째서 그의 말에는 그다지도 슬픔이 많은가?

닭의 볏 높이가 망건 같고

---

* 형가는 중국 전국시대의 협객. 형가에게 개섭은 자신을 알아주지 못하는 사람이고 고점리는 자신을 알아주는 사람인 셈이다.

쇠 멱미레[*] 크기가 전대[*]만 해도

늘 보는 백 가지 물건 심상해하고

낙타의 등에만 오직 놀라고 있네.

우상 자신은 애초부터 보통 사람과 달랐으니, 병이 들어 죽게 되기에 이르러 자기 작품을 모두 살라 버리면서 말하였다.

"누가 또 알아줄 사람이 있으랴?"

이렇게 말하는 뜻이 어찌 슬프지 않은가?

공자가 말했다.

"재주가 쉽지 않다더니 과연 그렇지 않으냐?"

또 말했다.

"관중은 작은 그릇이로구나!"

그러니 자공이 물었다.

"저는 무슨 그릇쯤 되겠습니까?"

공자가 대답했다.

"임금의 사당에서 쓰는 옥그릇이다."

대개 아름답기는 하나 작게 여긴다는 뜻이다. 그렇기 때문에 덕을 그릇에 비유하면 재주는 담는 물건에 비유할 수 있을 것이다. 《시경》에 이렇게 쓰여 있다.

* 멱미레는 소의 턱 밑 늘어진 살.
* 전대는 허리에 두르거나 어깨에 둘러매어 돈이나 물건을 넣는 자루.

"깨끗하고 고운 저 옥잔에는 누런 술 가득 담겨 있네."

《주역》에는 이렇게 쓰어 있다.

"솥이 발이 부러져서 여럿의 밥을 엎질렀다."[*]

덕만 있고 재주가 없으면 덕은 빈 그릇으로 되며, 재주만 있고 덕이 없으면 재주가 담겨 있을 곳을 잃는다. 덕이 있다 해도 그릇이 얕으면 담긴 물건이 넘치기 쉽다. 사람은 하늘과 땅과 더불어 삼재[*]를 이룬다. 그렇기 때문에 귀신을 재주로 본다면 천지는 커다란 그릇으로 보아야 할 것이다. 톡톡 떨고 나서는 사람에게 복이 붙을 데가 없고, 남의 심리를 꿰뚫어 아는 사람에게 사람이 붙지 않는다.

문장이란 천하의 지극한 보배다. 정밀하게 쌓여 있는 것을 미묘한 속에서 끄집어내고, 깊숙이 숨어 있는 것을 형체 없는 가운데서 찾아내서 천지조화의 비밀을 누설하니 귀신이 성내고 원망할 것이다. 나무가 재목(材)으로 될 만하면 사람들이 베어 가려 하고 물건이 재물(財)로 될 만하면 사람들이 빼앗으려 한다. 그렇기 때문에 재주(才)란 글자는 밖으로 삐치지 않고 안으로 삐치게 되어 있다.

우상은 한낱 역관이라 나라 안에서는 그 명성이 마을 밖을 나가지 못하고 높은 자리에 있는 사람들이 얼굴을 알지 못하였다. 지금 하루아침에 바닷길 만 리나 되는 남의 나라에서 이름을 떨쳤고, 곤어(상상 속 큰 물고기), 고래, 용, 자라의 소굴에까지 발자취가 미쳤다. 그 솜씨는 손으

* 그릇이 작은 사람이 중요한 자리를 맡아 나랏일을 그르친다는 뜻이다.
* 삼재(三才)는 중국 고대 사상에서 말하는 우주의 세 가지 근원.

로 해와 달을 목욕시킨 듯 빛나고, 그 기개는 무지개와 신기루를 육박하기에 이르렀다. 그런데 옛말에 이르기를 재물의 간수를 허술히 하는 것은 도적에게 훔쳐 가라고 가르쳐 주는 것이라고 하고, 또 물고기가 못에서 벗어나서는 안 된다고 하고, 또 날카로운 연장은 사람들에게 보일 것이 못 된다고 하였다. 이는 곧 경계할 바가 아닌가?

그가 승본해 지방을 지나다가 지은 시가 있다.

승본해

사내 녀석 발은 벗고 생김새도 더러운데
새파란 도포 등에 별과 달을 그렸구나.
얼룩 옷 입은 계집 문밖으로 내달을 제
머리를 빗다 말고 허술히 동여맸네.
어린아이 칭얼대며 젖어미를 보채다가
젖어미가 토닥이니 울음소리 잦아드네.
이윽고 북을 치며 사신 행차 들어오니
일만 개 눈동자가 산부처 둘러싸듯
오랑캐 관리들이 예물로 올리는 건
소반에 받쳐 내는 큰 조개 산호 가지
손님이나 주인이나 두 편 함께 벙어린 양
눈짓으로 말을 하고 붓끝에는 혀가 있네.

오랑캐의 관청에는 그럴듯한 정원 풍치

종려나무 푸른 귤이 그득그득 늘어섰네.

배에서 치질을 앓고 누워서 늙은 스승 매남 이용휴 선생의 말을 생각하면서 지은 시도 있다.

매남 선생의 말씀을 생각하면서

세상을 다스리자 아니다 벗어나라.

공자님과 석가는 다르기가 해와 달

일찍이 서양 사람 오인도* 다 돌아도

과거 현재 통해서 부처란 것 없다네.

어찌해 우리 선비 장사치 무리 따라

붓과 혀를 놀리며 허황한 말 하는가.

털 나고 뿔이 돋고 내생에 짐승 되어

제 평생 남 속인 죄 마땅히 받으리라.

독한 불길 타올라 이 나라에 미쳤네.

수없는 절들이 시골 서울 널렸네.

복이니 불행이니 백성을 충동해서

* 오인도는 고대 인도의 다섯 천축국. 오천축이라고도 한다.

쌀 바친다 향 피운다 시주 없는 때가 없네.

비유컨대 한 아들이 다른 아들 해치고는

들어와 부모 봉양 어느 부모 기뻐할까.

여섯 가지 경서가 광명을 펼치건만

이 나라 사람들은 두 눈에 옻칠한 듯

해 뜨는 곳 해 지는 곳 다른 이치 없거니

따르면 성인 되고 배반하면 망나닐세.

우리 스승 날 깨우쳐 뭇사람을 깨우라네.

시로써 그 뜻 읊어 목탁을 삼으려네.

    우상의 시는 다 후세에 전할 만하다. 일본에서 돌아오는 길에 보니 벌써 전부 인쇄하였더라고 한다. 나는 우상이 살았을 적에 한 번도 만나 본 적이 없건만 자주 사람을 시켜서 내게 자기가 쓴 시를 보내면서 말했다고 한다.

    "이 친구나 혹 나를 알아줄는지 모르지."

    나는 농담 삼아 중간에서 심부름하는 사람에게 일렀다.

    "이것은 기골이 연약한 사람들의 시시한 재주니 귀하게 여길 만한 것이 못 된다."

    우상이 듣고 성을 내었다.

    "이 친구가 누구 골을 지르고 있는 겐가?"

    그러고는 한참 만에 다시 탄식하였다.

"내가 이 세상에서 얼마나 오래 살겠는가?"

그리고 눈물을 주루룩 흘리더라는 것이었다. 나도 듣고 슬퍼하였다. 그 뒤 얼마 안 되어 우상은 죽었다. 나이 스물일곱이다. 그 집안사람이 꿈에 술 취한 신선이 푸른 고래를 타고 가고 검은 구름이 아래로 드리웠는데 우상이 머리를 풀어헤친 채 따라가는 것을 보았다고 한다. 그런 지 한동안 지나서 우상이 죽으니 어떤 이들은 신선이 되어 간 것이라고들 말한다.

아하! 나도 속마음으로는 그의 재주를 사랑하고 있었다. 그렇지만 그의 기운을 꺾은 까닭은 나이 젊은 그가 정당한 길에 들어서서 좋은 글을 후세에 남기게 하자는 것이었다. 이제 와서 생각하면 우상은 분명 나를 좋게 생각하지 않았을 것이다.

어떤 사람이 그를 추도해서 노래를 지었다.

첫째

오색찬란한 이상한 새가
지붕마루에 와서 앉았네.
우루루 여러 사람 모여들 드니
날아가 버렸구나, 자취도 없이.

둘째

까닭 없는 돈 천 냥 생기게 되면
그 집에는 반드시 재앙이 따르리.
더구나 이처럼 희한한 보물을
어째서 오래토록 빌리게 놓아두랴.

셋째

대단할 것 별로 없는 한 사내였건만
죽고 나니 온 세상이 텅 빈 듯 허전하네.
그것이 어찌 시운이 아니겠나.
여전히 사람들은 빗방울처럼 많구나.

또 노래를 계속하였다.

그의 담덩이 박통만 하고
그의 두 눈은 밝은 달 같네.
그의 팔목엔 귀신 붙어서
그의 붓끝이 혀같이 도네.

또 계속하였다.

남들은 아들로 대를 잇건만
우상의 대 이음은 아들 아니다.
몸뚱이야 언제고 없어져 버리지만
이름은 길이길이 끝없이 전하네.

나는 진작 우상을 만나지 못한 것을 언제나 한스럽게 여겼다. 이제 그의 작품도 전부 불살라 버렸다고 하니 세상에서 더욱 아는 사람이 없을 것이다. 상자 속을 뒤져서 전에 보내 주었던 것을 찾으나 겨우 두어 편에 지나지 못한다. 그것을 기록해서 '우상전'을 짓는다. 우상에게 아우가 있어서 또한⋯⋯(이하 원문 없음.)

2부

옛것을 배우랴 새것을 만들랴

중국에서 마음 맞는 벗을 사귀다

삼한 옛 땅의 서른여섯 도회지를 두루 돌아서 동으로 동해에 이르면 바닷물이 하늘에 닿아서 끝이 보이지 않는다. 그런데 육지에는 이름난 산과 웅장한 봉우리들이 뻗치고 있어서 백 리 되는 평야가 드물고 천 호 되는 고을이 없으니 지역 된 품이 애초에 좁다랗다.

옛날에 이르던 양주, 묵적*, 노자, 부처의 싸움도 아니건만 조정에 대립된 논의가 네 파로 갈렸고, 옛날에 이르던 선비, 농사꾼, 장인바치, 장사치가 아니건만 명분의 갈래 또한 네 층이나 된다. 단지 각자의 소견이 같지 않을 뿐인데 명분의 구별은 문명인이 야만인을 멀리하는 것보다 엄하다. 서로 이름을 들으면서도 내력을 꺼려 알고 지내지 못하고, 서로 어울리면서도 위신에 구애되어 감히 벗으로 사귀지 못한다. 사는 마을이 같고 같은 겨레로 언어나 옷차림도 자기와 다른 것은 조금도 없는데, 서로 찾아다니지 않으니 혼인을 하겠는가? 감히 벗으로 사귀지도 못하는데 서로 도를 논하겠는가? 아득한 수백 년 이래 이 몇 갈래의 집

* 양주는 중국 전국시대 학자. 묵적은 중국 노나라의 학자.

124

안은 집을 나란히 하고 담을 맞대어 살면서도 마치 적대하는 두 나라의 형세처럼, 문명인이 야만인을 대하는 것처럼 지내 왔구나! 어쩌면 그 습속이 이다지도 편협하단 말인가?

홍덕보*가 어느 날 갑자기 말 한 필을 타고 사신 행차를 따라 중국으로 갔다. 길거리 가운데서 서성거리기도 하고 좁은 골목 안을 기웃거리기도 하다가 항주(중국 항저우)에서 온 선비 셋을 알게 되었다. 그래서 한가로이 그들의 숙소를 찾아다니며 오랜 친구처럼 정답게 지냈다. 하늘과 사람의 유래며, 성리학의 정통과 이단의 구별이며, 역대 정치와 사상의 변천은 물론, 그것에 대처할 선비들의 태도를 의논하는 데까지 서로 일치하지 않는 견해가 없었다. 서로 성심성의껏 격려하고 충고하기를 아끼지 않았다. 그리하여 처음에는 벗으로 지내자고 하였다가 마침내 형제를 맺기에 이르렀다. 서로 아끼기를 무슨 귀한 물건을 탐내듯 하고, 서로 저버리지 말자고 다짐하기를 무슨 맹세나 하듯 하였다. 그 의리가 다른 사람들을 감격시키며 눈물 흐르게 할 만하였다.

아하! 우리나라에서 항주까지는 몇만 리나 되니, 홍 군이 두 번 다시 세 선비를 만나 볼 길은 아마 없을 것이다. 그런데 국경을 넘기 전 자기 나라에 있을 적에는 같은 마을에 살아도 서로 찾아다니지 않다가 이제 갑자기 말도 통하지 않고 옷차림도 다른 사람을 벗으로 사귀는 것은 무슨 까닭인가?

* 덕보는 홍대용(1731~1783)의 자. 연암의 벗이며 실학자, 과학 사상가. 천문 관측기구인 혼천의를 만들고, 지구는 돌고 우주는 무한하다는 학설을 내놓았다.

홍 군이 한동안 언짢아하는 기색을 보이더니 말하였다.

"내가 감히 우리나라 안에 벗할 사람이 전혀 없어서 벗을 사귀지 못한다는 것이 아니네. 실로 처지에 제한되고 습속에 구애되어 그런 것이니 마음속에 답답한 점이 없지 않네. 내가 어찌 오늘의 중국이 옛날의 중국이 아니요, 옷차림도 옛날의 그것이 아니라는 것을 모르겠는가? 그러나 그들이 사는 땅인즉 요, 순, 우, 탕, 문왕, 무왕, 주공, 공자가 밟고 다니던 땅이며, 그들이 사귀는 선비인즉 제, 노, 연, 조, 오, 초, 민, 촉을 널리 보고 멀리 구경한 선비들이 아니겠는가? 그들이 읽은 글인즉 고대로부터 내려와 세계 여러 나라에 널리 퍼진 지극히 해박한 문헌들이 아니겠는가? 제도는 비록 바뀌었다 하더라도 도덕과 의리는 달라지지 않았으니 그 밑에서 백성으로는 살망정 관리로는 나서지 않은 사람이 어찌 없겠는가?

그러니 저 항주의 선비 셋이 나를 볼 적에도 외국 사람이라고 해서 차별하는 마음과 자기들의 내력과 위신을 따지는 의심스러운 생각이 어째서 없겠는가? 그러나 저들은 번거로운 인사치레도 까다로운 예의 절차도 다 집어치우고 마음에 있는 그대로를 드러내어 그야말로 간담을 털어놓았으니, 그들의 통이 넓고 큰 것이 명예나 세력이나 잇속 따위를 바라고 악착스럽게 덤비는 그런 자들과는 다르지 않은가?"

그리고는 세 선비와 이야기한 내용을 세 권의 책으로 만들어 내게 보이면서 말하였다.

"자네가 서문을 쓰게."

내가 한 번 죽 읽고 나서 감탄하였다.

"툭 트였구나, 홍 군이 벗을 사귀는 것이야말로. 나도 이제 벗 사귀는 도리를 알았노라. 나는 그가 누구를 벗으로 삼는지, 누구의 벗이 되는지, 누구와 벗하지 않는지를 보아 가며 벗을 사귀리라."

옛것을 배우랴 새것을 만들랴

글을 어떻게 지을 것인가? 어떤 이는 반드시 옛것을 본떠야만 한다고 말한다. 그래서 세상에는 옛것을 흉내 내고 모방하는 것을 일삼으면서도 부끄러운 줄 모르는 사람들이 나타나고 있다. 이것은 왕망*이 만든 《주관》을 고대의 제도로 알고, 양화*의 얼굴이 공자와 같았다고 하여 그를 만대의 스승으로 삼는 격이다. 옛것을 본떠서야 되겠는가?

그러면 새것을 만들어야 할까? 그래서 세상에는 허황하고 괴이한 소리를 늘어놓으면서도 겁내지 않는 사람들이 나타나고 있다. 이것은 임기응변의 조치를 막중한 법전보다 더 중히 여기고, 거리에 유행하는 노래를 종묘에 올리는 곡조와 똑같이 보는 격이다. 어떠한가? 새것을 만들어 내서 되겠는가?

대체 어찌해야 좋단 말인가? 나는 어찌할 것인가? 그만두어야 하는가? 아! 옛것을 배우는 사람은 형식에 빠지는 것이 병이고, 새것을 만들

---

* 왕망은 중국 한나라 평제를 죽이고 집권한 인물. 《주관》에 근거해 개혁을 시도했으나 시대에 맞지 않는 정책으로 민심을 잃고 반란군 손에 죽었다.
* 양화는 중국 노나라 계씨의 신하. 공자와 얼굴이 비슷한 탓에 진(陣)나라로 가다가 곤욕을 치른 일이 있다.

어 내는 사람은 법도가 없는 것이 탈이다. 만약에 옛것을 배우더라도 변통할 줄 알고, 새것을 만들어 내더라도 옛것에 뿌리를 둔다면 오늘의 글이 옛글과 마찬가지일 것이다.

옛사람 가운데 글 잘 읽는 분이 있었으니 그가 곧 공명선이요, 옛사람 가운데 글을 잘 해석한 사람이 있었으니 그가 곧 한신이다. 왜 그런가?

공명선이 증자에게 공부하러 가서 세 해 동안이나 글을 읽지 않았다. 증자가 까닭을 물으니 그가 대답하였다.

"저는 선생님께서 댁에 계실 때, 손님을 대접할 때, 조정에 나갔을 때를 보면서 그 처신을 배워 가고 있습니다. 아직 다 잘 배우지는 못했으나 제가 어떻게 아무것도 배우지 않으면서 선생님의 문하에 있겠습니까?"

물을 등지고 진을 친다는 전술이 병법에 보이지 않으니 한신의 부하들이 의심한 것은 당연하다. 거기서 한신은 말하였다.

"이것도 병법에 나와 있건만 그대들이 제대로 살피지 못한 것이다. 병법에 죽을 땅에 들어서야만 살아 나올 수 있다고 하지 않았는가?"

그렇기 때문에 배우지 않은 것이 도리어 잘 배우는 것으로도 될 수 있으니 바로 혼자 지내던 노나라의 사내*요, 밥해 먹은 아궁이 자리를

---

* 혼자 지내던 노나라의 사내는 이웃 과부가 찾아와 하룻밤 재워 달라고 했으나 들어주지 않았다. 과부가 어째서 성문 안에 들어오지 못한 여자를 몸으로 따뜻이 녹여 준 유하혜처럼 하지 않느냐고 물었다. 사내는 자신이 해서는 안 되는 행동으로써 유하혜라면 해도 되는 행동을 배우려 한다고 대답했다. 이에 공자는 선을 배우려 하면서도 그 행동을 답습하지 않으니 지혜롭다며 사내를 추어올렸다.

줄여 가던 옛사람의 전술에서 그것을 늘려 가는 전술을 배우기도 했으니 바로 우후의 변통*이다.

이렇게 본다면 하늘과 땅이 아무리 오래되었다고 해도 끊임없이 새롭게 태어나고, 해와 달이 아무리 오래되었다고 하지만 그 빛은 날마다 새롭다. 이 세상에 책이 아무리 많아도 말하는 바는 각각 다르다. 그렇기 때문에 날짐승, 길짐승, 물속에서 사는 짐승, 뛰는 짐승 가운데 아직 알려지지 않은 것이 있을 것이며, 산천초목에는 반드시 신비스러운 구석이 있을 것이다. 썩은 흙에서 버섯이 돋으며, 썩은 풀에서 반딧불이 생긴다. 예법을 따지는 데도 의견이 다르며, 음악을 설명하는 데도 논란이 있다. 글은 말을 다 드러내지 못하고, 그림은 뜻을 다 담아내지 못한다. 같은 것을 두고서 이 사람은 이렇다 하고 저 사람은 저렇다 한다.

그렇기 때문에 백 년 뒤에 성인이 다시 나온다고 하더라도 동요하지 않는 것이 새것을 만드는 성인의 심정이요, 옛 성인이 다시 살아와도 자기의 견해를 바꾸지 않으리라는 것이 옛것을 계승하는 어진 이의 신념이다. 모든 성인과 어진 이의 법도는 마찬가지이니 편협하거나 주제넘은 것은 점잖은 사람이 나갈 길이 아니다.

박 씨 집의 청년 제운*이 나이 스물셋인데 글을 잘 지으며 별호를 초

---

* 중국 제나라의 손빈이 위나라 방연과 싸울 때 아궁이를 10만 개에서 5만 개로, 다시 3만 개로 줄여 마치 겁먹고 도망친 것처럼 꾸몄는데, 상황을 잘못 판단한 방연이 달려들다가 복병을 만나 자결하였다. 그러나 후한의 장수 우후는 오랑캐가 침범하자 오히려 아궁이 수를 늘려 구원병이 오는 것처럼 꾸몄다.
* 제운은 조선 후기 실학자 박제가(1750~1805). 호는 초정. 청나라에 다녀와 《북학의》를 썼다.

정이라고 한다. 내게 다니면서 공부한 지 해포가 넘는다. 제운은 진나라 이전과 한나라 시대의 글을 좋아하면서도 형식에 구애되지 않으려고 했다. 그러나 말을 간결히 한다는 것이 그만 근거가 없는 데로 떨어질 때가 있고, 논리를 높이 세운다는 것이 때로는 법도에서 벗어나기도 한다. 이것이 바로 명나라의 여러 작가들이 옛것을 배우랴 새것을 만들어 내랴 서로 헐뜯다가 바른길을 얻지 못한 점이다. 양쪽 모두 쇠퇴한 사회의 너저분한 기풍에 떨어져 문화 발전에 도움이 되기는커녕 세상을 병들게 하고 풍기를 결딴낼 뿐이다. 내 이것을 두려워한다. 새것을 만들려고 기교를 부리는 것보다는 옛것을 배우려다가 고루하게 되는 편이 낫지 않겠는가?

내가 이제 《초정집》*을 읽고 나서 공명선과 노나라 사내가 독실하게 배우던 일을 말하는 동시에, 한신과 우후의 기이한 책략도 결국 옛것을 배워서 잘 변통한 것임을 밝혀 둔다. 밤에 초정과 이렇게 이야기한 것을 책 첫머리에 써서 그를 격려하려 한다.

* 《초정집》은 박제가의 문집.

글은 뜻을 나타내면 그만이다

　글은 뜻을 나타내면 그만일 뿐이다. 제목을 놓고 붓을 잡은 다음 갑자기 옛말을 생각하고, 억지로 고전의 사연을 찾으며, 뜻을 근엄하게 꾸미고, 글자마다 장중하게 만드는 것은 마치 화가를 불러서 초상을 그릴 적에 용모를 고치고 나앉는 것과 같다. 눈동자는 구르지 않고 옷의 주름은 죄다 다려 입어서 보통 때의 모습과 다르다 보니 아무리 훌륭한 화가인들 그의 참모습을 그리기는 어려울 것이다. 글 짓는 사람인들 무엇이 다르랴?

　말은 거창해야만 맛이 아니다. 도(道)는 털끝만 한 차이로도 구별되는 것이니 기왓장이나 조약돌처럼 사소한 것이라 해서 어찌 내버릴 수 있겠는가. 그렇기 때문에 중국 초나라의 역사는 '도올'*이란 모진 짐승의 이름을 빌려서 썼고, 사마천이나 반고와 같은 역사가도 사람을 죽이고 무덤을 파헤치는 흉악한 도적놈들의 사적까지 기록하였다. 글을 짓는 데는 오직 진실해야 할 뿐이다.

---

*도올은 전설 속 사악한 짐승이자 초나라 역사책 이름. 초나라는 악을 경계하기 위해 이 이름으로
　역사를 썼다.

이렇게 본다면 글을 잘 짓고 못 짓는 것은 내게 달렸고, 헐뜯고 칭찬하는 것은 남에게 달렸다. 이것은 마치 귀가 울고 코를 고는 것과 같다.

조그만 아이가 놀고 있다가 귀가 잉 하고 우니 좋아라 하며 친구에게 말하였다.

"너 이 소리 좀 들어 보아라. 내 귀에서 잉 하는 소리가 나는구나! 피리 부는 소리, 생황 부는 소리가 다 들린다. 마치 별처럼 동글동글하단다."

친구가 귀를 맞대고 아무리 들으려고 해도 들리는 것이 없다고 하자 조그만 아이는 딱한 마음에 소리를 지르면서 남이 들어 줄 수 없는 것을 안타까워하였다.

한번은 시골 사람과 같이 자는데 그는 드르렁드르렁 코를 몹시 골았다. 휘파람 부는 듯, 탄식하는 듯, 천천히 숨 쉬는 듯, 불을 부는 듯, 물이 끓는 듯, 빈 수레가 덜컥거리는 듯했다. 들이쉴 때는 톱 켜는 소리가 나다가 내쉴 때는 돼지처럼 씨근거렸다. 참다못한 옆 사람이 잡아 일으키니 불끈 골을 내면서 말하였다.

"내가 언제 코를 골았단 말이오?"

아하! 자기 혼자 아는 것은 남이 몰라주어서 걱정이요, 자기가 깨닫지 못하는 것은 남이 일깨워 주는 것도 마땅치 않은 것이로구나. 어찌코나 귀에만 이런 병이 있겠는가? 글 짓는 데는 더한층 심한 바가 있다. 귀가 우는 것은 병인데도 남이 몰라준다고 걱정을 하는데, 하물며 병이 아닌 경우야 말해 무엇 하겠는가? 코를 고는 것은 병이 아니건만 남이 일깨워 준다고 골을 내는데, 하물며 병인 경우야 말해 무엇 하겠는가?

그러므로 이 책을 보는 사람이 기왓장이나 조약돌 들을 함부로 버리지 않는다면 화가의 붓끝에서 흉악한 도적놈의 협수룩한 대가리가 살아 나올 것이다. 남의 귀가 우는 것은 듣지 않더라도 내가 코 고는 것을 깨닫는다면 거의 글쓴이의 본뜻에 가까워질 것이다.

말똥구리의 말똥 덩이

자무와 자혜가 밖에 나갔다가 비단옷 입은 소경을 보았다. 자혜가 길게 한숨을 쉬면서 말하였다.

"하! 제 몸에 입은 것도 제 눈으로 보지 못하는구나!"

자무가 말하였다.

"그러면 저기 저 수놓은 비단옷을 입고 밤길을 걷는 사람과 견주면 어떠한가?"

그리하여 둘은 청허 선생에게 찾아가 분별해 달라고 하였다. 선생은 손을 내저으며 말하였다.

"나는 모른다, 나는 몰라."

옛날에 황희 정승이 관청에서 일을 마치고 집으로 돌아오자 딸이 맞이하며 물었다.

"아버지는 이라는 벌레를 아십니까? 이는 어디서 생겨나는 겁니까? 옷에서 생깁니까?"

"그렇지."

딸이 웃으면서 말하였다.

"그러면 제가 이겼습니다."

이번에는 곁에 있던 며느리가 물었다.

"이는 살에서 생기는 것이 아니옵니까?"

"그렇고말고."

며느리도 웃으면서 말하였다.

"아버님께서는 제 말씀이 옳다시는 걸요 뭘?"

그랬더니 그 자리를 지켜보던 부인이 벌컥 화를 내고 나섰다.

"아니, 누가 대감더러 판결을 잘한다고 합디까? 이편저편 다 옳다 하면 어찌합니까?"

황 정승이 빙그레 웃으면서 말하였다.

"너희 둘 다 이리들 와 보거라. 무릇 이란 벌레는 살이 아니면 나지 못하고 옷이 아니면 붙지 못하니 두 사람 말이 다 옳다. 그렇지만 옷을 장롱 속에 넣어 두기만 해도 이가 있을 수 있고, 너희가 벌거벗고 있어도 가렵기는 마찬가지일 것이다. 땀내가 무럭무럭 나고 풀 먹인 옷 냄새가 풀썩풀썩 나는 가운데 어느 한편을 떠난 것도 아니고 어느 한편에 꼭 붙은 것도 아닌, 살과 옷의 중간에서 이는 살아간다."

백호 임제가 말을 타려고 할 때 마부가 나서며 말하였다.

"몹시 취하셨습니다. 갖신(가죽신)과 짚신을 짝짝이로 신고 계십니다."

백호가 꾸짖으며 말했다.

"길 오른편에서 보는 사람은 나더러 짚신을 신었다고 할 것이고, 길 왼편에서 보는 사람은 나더러 갖신을 신었다고 하지 않겠느냐? 무엇이 어떻단 말이냐?"

이로 미루어 말하자면 세상에서 가장 보기 쉬운 곳이 발만 한 데가 없건만 보는 방향에 따라서 갖신과 짚신을 분간하기 어렵다. 그렇기 때문에 정확한 관찰은 옳고 그른 한가운데 있다. 땀이 이로 되는 것도 지극히 미세해서 살피기가 어렵다. 옷과 살 사이에는 분명 공간이 있으니 이란 녀석은 어느 한편에서 떠난 것도 아니고 어느 한편에만 꼭 붙은 것도 아니다. 마치 오른편도 아니고 왼편도 아닌 것과 같다. 그러니 누가 그 가운데를 알 수 있겠는가?

말똥구리는 동그란 제 말똥 덩이를 대견히 여겨 용 구슬을 부러워하지 않고, 용 또한 자기의 구슬을 가졌다고 저 말똥구리의 말똥 덩이를 비웃지 않는다.

자패*가 듣고 기뻐하면서 이로써 시 이름을 짓겠다고 하고는 시집 이름을 《낭환집》으로 지은 다음, 나더러 서문을 부탁하였다. 내가 자패에게 이렇게 일렀다.

"옛날에 정령위가 학이 되어 고향 요동으로 돌아왔으나 그를 알아보는 사람이 없었다. 이것이 곧 수놓은 비단옷을 입고 밤길을 가는 격

---

* 자패는 유금(1741~1788)을 이른다. 유득공의 숙부로 다른 이름은 유연.

이 아닌가?《태현경》이 세상에 유명해졌건만 그 책을 지은 양웅은 자기가 지은 책이 유행하는 모습을 보지 못하였다. 이것이 곧 소경이 비단옷을 입은 격이 아닌가?

이 시집을 보고 한편에서 용의 구슬과 같다고 한다면 그것은 자네의 갖신을 본 것이요, 다른 한편에서 말똥 덩이와 같다고 한다면 그것은 자네의 짚신을 본 것이다. 사람들이 알아보지 못하더라도 정령 위의 깃과 털은 그대로이고 스스로 보지 못했더라도 양웅의《태현경》또한 그대로인 것이다.

용 구슬과 말똥 덩이에 대한 결론은 청허 선생이 있으니 내가 더 무엇이라 말하겠는가?"

뒷동산 까마귀는 무슨 빛깔인고

명철한* 선비에게는 괴이한 것이 없으나 비속한 사람에게는 의심스러운 것이 많다. 그야말로 본 것이 적으면 괴이한 것이 많을 수밖에 없다. 명철한 선비라고 어찌 사물 하나하나를 제 눈으로 꼭 찾아서 보았겠는가? 하나를 들으면 눈으로 열 가지를 그리고, 열을 보면 마음으로 백 가지를 생각한다. 그러므로 천 가지 괴이한 것과 만 가지 신기로운 것이 모두 사물에서 그쳐 버리고 자기는 직접 관여하지 않는다. 그런 까닭으로 마음에 여유가 있고 이런 것 저런 것을 끝없이 맞아들이기도 하고 내보내기도 한다.

본 것이 적은 자는 하얀 백로를 들어 검은 까마귀를 비웃고 짧은 다리의 오리를 들어 긴 다리의 학을 위태롭다고 여긴다. 사물 자체는 괴이하지 않은데 자기 혼자 걱정이 많으며 하나만 제 생각과 달라도 천하만물을 다 부정하려고 덤벼든다.

아하! 저 까마귀를 보건대 날개보다 더 검은빛이 없는 것이 사실이지

---

* '명철하다'는 총명하고 사리에 밝다는 뜻.

만, 언뜻 보면 엷은 황색도 돌고 다시 보면 연한 녹색으로 반짝인다. 햇빛에서는 자줏빛으로 빛나다가 눈이 아물아물해지면서는 비취색으로 바뀐다. 그러니까 푸른 까마귀라 일러도 좋고 붉은 까마귀라 일러도 또한 좋다. 사물에는 일정한 빛깔이 없으나 내가 먼저 눈으로 단정해 버린 것이다. 눈으로 단정하는 것이야 그래도 낫지마는 보지도 않고 먼저 마음속으로 단정해 버린 것은 또 어찌겠는가?

아하! 까마귀 하나를 검은빛에다가 고착시키는 것만으로는 부족한지 이제는 천하의 모든 빛깔을 까마귀 하나에다가 고착시켜 버리려고 하는구나. 까마귀의 검은 빛깔 속에 푸르고 붉은 광채가 떠도는 것을 누가 안단 말인가? 검은빛을 어두운 색이라고 하는 사람은 까마귀만 모르는 게 아니라 검은빛이 무엇인지도 모르는 것이다. 왜 그런가? 물이 검으니 비칠 수 있고, 옻칠이 까마니까 거울이 될 수 있는 법이다. 그런 까닭에 빛깔이 있는 것치고 빛이 나지 않는 것이 없고, 형체가 있는 것치고 맵시가 없는 것이 없다.

미인을 보면 시를 알게 된다. 고개를 숙인 데서 부끄러워하는 것을 보고, 턱을 고이고 있는 데서 원한이 있는 것을 본다. 홀로 서 있는 데서 생각에 잠긴 것을 보고, 눈썹을 찡그린 데서 근심에 쌓인 것을 본다. 난간 아래에 선 모습은 누군가를 기다리는 것이고, 파초 잎사귀 아래 선 모습은 누군가를 바라보는 것이다. 만약 그가 재를 올리는 중처럼 서지 않았다거나 불상처럼 앉지 않았다고 책망한다면 그것은 양귀비더러 이를 앓는다고 꾸짖고, 번희더러 쪽을 감싸 쥐지 말라고 하는 격이다.* 미인의 걸음걸이를 요사스럽다고 흉보고, 춤추는 가락을 경망스럽다고 나무라는 격이다.

내 조카 종선의 자는 계지인데 시를 잘 지어서 한 가지 법에만 얽매이지 않고 온갖 시체*를 두루 갖추었으니, 우뚝하니 우리나라의 대가가 될 만하다. 당나라 시체를 본떴는가 하면 어느새 한나라, 위나라의 시체로 갔다가 송나라, 명나라의 시체를 보여 준다. 송나라, 명나라의 시체인가 하면 다시 당나라의 시체로 돌아간다.

아하! 세상 사람들은 지금도 심하게 까마귀를 비웃고 학을 위태롭게 여기지만 계지의 동산에서는 까마귀가 혹 자줏빛을 띠고 혹 비췻빛도 띤다. 세상 사람들은 미인을 재 올리는 중이나 불상처럼 만들려고 한다. 그러나 춤가락과 걸음걸이는 나날이 경쾌해지고 낳는 이와 쪽진 머리는 저마다 맵시가 있으니, 세상 사람들의 노여움이 갈수록 커지는 것도 괴이할 것은 없다.

세상에는 명철한 선비가 적고 비속한 사람들이 많으니 아무 말도 하지 않고 잠자코 있는 것이 좋다. 그런데도 자꾸만 말하게 되는 것은 무슨 까닭인가?

아하! 연암 노인이 연상각*에서 쓴다.

---

* 양귀비는 중국 당나라 현종의 후궁. 평소 이가 아팠는데 그 모습도 아름다웠다고 한다. 번희는 중국 후한 때 영현의 첩. 조비연의 슬픈 사연을 듣고 손으로 쪽을 감싸 쥐며 서글피 울었다고 한다.
* 시체(詩體)는 시의 형식.
* 연상각은 연암이 경상남도 함양에서 안의 현감을 지낼 때 관아 안에 지었던 전각.

사흘 읽어도 지루하지 않은 북학의

배움의 길에는 다른 길이 없다. 그 길은 모르는 것이 있다면 길 가는 사람을 붙들고서라도 묻는 것이다. 비록 어린 종이라도 나보다 한 글자를 더 안다면 그에게 배워야 한다. 내가 남만 못한 것은 부끄러워하면서도 나보다 나은 사람에게 묻지 않는다면 한평생 고루하게 살아 아무런 재주 없이 아무것도 하지 못하는 지경에 스스로 갇혀 버리고 만다.

옛날 순 임금은 밭 갈고 씨 뿌리며 그릇 굽고 물고기 잡는 것에서부터 임금 노릇하는 데 이르기까지 어느 것 하나 남에게서 배우지 않은 것이 없었다. 공자가 말하기를 자기는 어려서 미천했던 덕분에 막일에 아주 익숙하다고 하였는데, 그가 말하는 막일 또한 밭 갈고 씨 뿌리며 그릇 굽고 물고기 잡는 일 따위였을 것이다.

비록 제아무리 순 임금이나 공자처럼 거룩하고 재주 많은 사람이라도 물건을 본 뒤에 기교를 생각해 내고 일이 닥쳐서 도구를 만들자면 시일도 부족하고 지혜도 모자랄 것이다. 순 임금과 공자가 성인이 된 것도 남에게 묻기를 좋아해서 배우기를 잘했기 때문이다.

우리나라 선비들은 좁고 구석진 땅에서 생활하여 기풍이 편협해졌다. 발로 중국 땅을 밟지도 못하고, 눈으로 중국 사람을 보지도 못하고, 늙고 병들어 죽기까지 나라 밖을 나가 보지 못했다. 그래서 학은 본디 다리가 길고 까마귀는 본디 빛이 검듯이 저마다 타고난 천성대로 살았고, 우물 안 개구리나 밭둑의 쥐와 같이 자신이 사는 곳을 세상의 전부로만 알았다. 예절은 차라리 소박한 편이 좋다고 생각하고, 비루한 꼴을 오히려 검소하다고 여겼다. 이른바 선비, 농사꾼, 장인바치, 장사치의 구별도 이제는 이름만 남았을 뿐이고, 물건을 이용해서 생활에 이롭게 하는 기구는 날이 갈수록 더 못해져만 간다. 이것은 다름이 아니라 배우고 물을 줄 모르는 탓이다.

만약에 배우고 물으려 한다면 중국을 놓아두고 어디로 가겠다는 말인가? 그러나 선비들은 지금 중국은 오랑캐가 통치하고 있으니 배우는 것도 부끄럽다고 하면서 중국에서 전해 내려오는 법까지 비루한 것으로 하찮게 보고 있다. 사실 머리를 깎고 옷깃을 외로 여미기는 했지마는* 저들이 차지하고 있는 땅은 삼대* 이래 한, 당, 송, 명을 거쳐 온 그곳이 아닌가? 거기서 난 사람들은 삼대 이래 한, 당, 송, 명의 후손이 아닌가? 만약에 법이 좋고 제도가 훌륭한 것이라면 오랑캐라도 받들어서 선생으로 모셔야 하거늘. 더구나 광대한 규모와 정밀하고 자세한 생각과 심오한 제작과 빛나는 문장에는 아직도 삼대 이래 한, 당, 송, 명의 고유한 법을 보전해 오고 있음에랴?

* 청나라를 세운 만주족 사람들은 변발을 하고 옷을 입을 때 오른쪽 섶을 왼쪽 섶 위로 여몄다.
* 삼대는 고대 중국의 하, 은, 주 세 왕조.

우리는 저들과 비교할 때 애초부터 한 치의 장점도 없다. 그러면서도 단지 한 줌 상투로 천하에 뽐내면서 "오늘의 중국은 옛날의 중국이 아니다."라고 말한다. 저들의 산천을 비린내와 누린내가 난다고 헐뜯고, 저들의 백성을 개나 양이라고 욕한다. 저들의 말을 되놈의 말이라고 비방하고, 중국 고유의 좋은 법과 아름다운 제도까지 싸잡아 배척하고 있다. 그러니 장차 무엇을 본받아 일을 하겠는가?

내가 연경(지금의 중국 베이징)에서 돌아오자 재선(박제가)이 자기가 쓴 《북학의》 내편과 외편을 보여 주었다. 재선은 나보다 먼저 연경을 다녀왔다. 그는 농사짓고 누에 치고 집짐승을 기르고 성을 쌓고 집을 짓고 배와 수레를 만드는 일에서 기와를 굽고 삿자리를 짜고 붓과 자를 만드는 데까지 무엇이나 눈여겨보고 마음속으로 우리나라 것과 비교하지 않은 것이 없다. 눈에 띄지 않는 것은 반드시 물어보고 마음에 의심스러운 것은 반드시 배웠다. 첫 장을 들추면서부터 내가 일기에 적은 것과 조금도 어긋나지 않아서 마치 한 사람 손으로 쓴 것 같았다. 이러니까 그도 즐거운 마음으로 내게 보여 주었고 나도 기쁘게 받아서 사흘을 읽어도 싫은 줄 몰랐던 것이다.

아하! 이것이 어찌 우리 두 사람이 눈으로 보고 나서야 비로소 알게 된 것이겠는가? 일찍이 비 오고 눈 내리는 날에도 연구하고, 술이 거나하고 등불이 꺼지려고 할 때도 토론해 오던 것을 한번 눈으로 실증한 것일 뿐이다. 어쨌거나 남들에게 이야기할 수는 없으니 남들이 믿지 않을 것이며, 믿지 않으면 으레 우리에게 골을 낼 것이다. 골을 잘 내는 성품은 편협한 기풍에서 나오는 것이며, 우리를 얼른 믿지 않는 까닭은 중국의 산천을 헐뜯은 데 있다.

밤길의 등불 같은 책

《위학지방도》 상하 두 권은 이름은 조연구, 별호는 경암이라고 하는 친구가 펴낸 책이다. 이 책이 어두운 길에서 지남침(자침, 곧 나침반)이 되고 배 없는 나루에서 보배로운 뗏목이 되리라는 것에 공연히 이러니저러니 군더더기 설명을 더해서 무엇 하랴? 그러나 한사코 사양할 수 없어 이렇게 말하였다.

"무릇 도는 길과 같다. 길 가는 나그네를 들어서 견주어 보기로 하자. 어디를 가려는 사람은 반드시 가는 길이 몇 리나 되고, 양식은 얼마나 필요하며, 도중에 있는 이정표, 나루, 역말 들이 얼마나 멀고 가까운데에 있는지 훤히 꿰뚫고 있어야 한다. 그런 뒤에 길을 나서면 언제나 무사히 목적지까지 갈 수 있다. 미리 명확한 지식을 가지고 있기 때문에 다른 길로 잘못 들어설 까닭이 없고, 사잇길로 빠져서 고생할 까닭이 없다. 지름길을 찾다가 길을 잃을 위험도 없고, 중도에서 고만 되돌아설 걱정도 없다. 이것은 지식과 실천을 겸비하였기 때문이다.

차차 가노라면 자연히 알게 된다고 말하는 사람도 있지만, 그것은 물속으로 잠수질해 들어가서 달을 건지려고 하고, 북을 지고서 아기인 줄 아는 것과 무엇이 다르랴? 결국 완적처럼 통곡하지 않고 양주처럼 울지 않을 사람이 드물 것이다.*

비유하자면 서울에서 자란 젊은이가 농사일에 힘을 많이 들여야 한다고 하니까 달력 위의 철이 다른 것은 조금도 생각하지 않고 다짜고짜 동지섣달에 손가락에 피가 나고 얼굴은 땀투성이가 되도록 밭 갈고 씨 뿌리는 것과 같다. 아무리 실천에 힘쓰고 있다 한들 지식으로 보아서는 어떠하다 하겠는가? 이렇듯 실천이 앞서고 지식이 뒤로 가서는 마침내 수확을 얻기 어려우니, 이것이 바로 조연구가 염려하는 바다.

만약 공부하는 사람들이 이 책의 방법을 따른다면 밤에 등불을 단 격이요, 눈 먼 이가 물건을 보게 된 격이요, 진법에 따라 진을 친 격이요, 처방에 따라 약을 쓰는 격이다. 그리하여 한편으로는 농가의 달력이 될 것이요, 다른 한편으로는 나그네를 위한 이정표가 될 것이다. 모든 군자들이 이 책을 공부해 보는 것이 어떠한가?"

---

* 중국 진(晉)나라 죽림칠현의 한 사람인 완적은 이따금 혼자 수레를 타고 달리다가 길이 끊어지면 통곡하며 돌아왔다고 한다. 전국시대 양주는 어떤 이가 잃어버린 양을 찾지 못하고 돌아와서는 갈림길이 갈수록 갈라져서 찾을 수 없었다고 하는 말을 듣고는 슬픔에 빠져 며칠 동안 말문을 닫았다고 한다.

제 몸을 해치는 것은 제 몸속에 있으니

진사 장중거는 걸출한 사람이다. 키가 여덟 자가 넘고 기골이 장대하다. 조그만 예절에 얽매이지 않는데다가 천성이 술을 좋아하고 호기를 부려 취하면 말실수가 잦았다. 이 때문에 마을 사람들이 싫어하며 미친 선비라고 손가락질을 하였고 친구들 사이에서도 그를 비방하는 말이 넘쳐 났으며 심지어 법으로 얽어 놓으려는 사람까지 있었다.

중거도 또한 후회하며 말하였다.

"내가 이러다가 세상에서 살 수 없겠구나!"

비방을 피하고 위험을 멀리할 방법을 생각한 끝에 방 하나를 치우고는 그 안에 들어가서 문을 닫아걸더니 발을 내리고 방문 위에다가 '이존(以存)'이라고 크게 써 붙였다. 《주역》에서 용이나 뱀은 깊이 숨는 것으로 제 몸을 보존한다고 했으니 아마도 거기서 그런 이름을 따온 것이리라.

이제껏 같이 어울리던 술친구들을 하루아침에 사절하면서 말하였다.

"자네들은 이제 오지 말게. 나도 내 몸을 좀 보존해야겠네."

내가 듣고 크게 웃으며 말하였다.

"중거가 자기 몸을 보존하는 방법이 여기서 그치고 만다면 해를 면하기 어려울 것이다. 비록 증자처럼 믿음직하고 경건한 사람도 한평생을 지켜 가면서 외다시피 한 것이 어떠했는가? 아침저녁으로 언제나 보존치 못할 것처럼 조심스레 지내다가 죽는 날에 이르러서야 손발을 내보이면서 비로소 한평생 온전히 살다가 죽는 것을 다행으로 여겼다.* 하물며 보통 사람이야 말해서 무엇 하겠는가?

한 집안을 보면 한 마을이나 한 고을을 알 수 있고, 한 마을이나 한 고을을 보면 온 세계를 알 수 있다. 온 세계가 저토록 널따랗다 해도 보통 사람으로서 살아가기에는 발붙일 구석이 거의 없다. 하루 동안 스스로 보고 듣고 말하고 행동한 것을 가만히 돌이켜 생각하면 그저 천행으로 목숨을 부지하고 요행으로 죽음을 면한 것일 따름이다.

이제 중거는 남이 제 몸을 해칠까 두려워하여 깊숙한 방에 숨어 앉아 보전하려고 하지만, 제 몸을 해치는 것이 제 몸 안에 있다는 사실을 알지 못한다. 아무리 발자국을 없애고 그림자를 감추고 스스로 죄인처럼 지낸다고 한들 끝내는 남들의 의혹과 노여움을 자아내게 될 것이다. 그래서야 몸을 보존하는 방법으로는 너무나 서투르지 않은가?

아하! 옛사람 중에도 남이 시기하는 것을 우려하고 헐뜯는 것을 겁내던 사람들이 얼마나 많았던가? 농사일을 하면서 숨어 지내기도 하고, 두메산골에서 숨어 지내기도 하고, 물고기를 낚으면서 숨어 지내

---

* 증자가 병이 들자 제자들을 불러 자기의 손발을 살피게 하고는 "《시경》에 두려워하고 삼가서 깊은 못에 있는 듯 얇은 얼음을 밟듯 하라 했건만, 이제야 내 몸이 다치는 화를 면할 수 있게 되었구나."라고 했다.

기도 하고, 소를 잡는 데서 숨어 지내기도 했다. 그러나 교묘하게 숨는 사람은 대체로 술에서 숨어 지냈으니, 바로 유백륜*과 같은 무리가 그러했다. 하지만 죽으면 묻어 달라고 삽 든 사람을 데리고 다닌 데 이르러서는 몸을 보존하는 그의 방법도 졸렬했다고 할 수 있다.

왜 그런가? 저 농사일이나 두메산골이나 물고기를 잡는 것이나 소를 잡는 일은 모두 외부 사물에 의탁해서 숨는 것이지마는, 술은 곤드레만드레 되어 스스로 제정신을 혼돈케 해 버리는 것이다. 그래서 자기 형체를 잃어버려도 알지 못하며, 자기 몸이 개천이나 구렁텅이에 굴러떨어지더라도 걱정하지 않는다. 이 지경이니 자기 송장에 까마귀, 솔개, 개미, 날파리 들이 덤비는 것쯤이야 무엇이 대단하랴? 술을 먹는 것이 본디 자기 몸을 보존하려는 방법인데 삽 든 사람을 데리고 다니는 것은 도리어 그 본뜻과 어긋난다.

이제 중거의 과오가 술에 있건만 자기 몸을 잊어버리지 못하고, 몸을 보존하는 방법으로 생각해 낸 것이 교제를 끊고 깊숙이 들어앉는 것이다. 깊숙이 들어앉는 것으로도 몸을 보존하지 못하니까 되지도 않게 방 이름을 지어서 여러 사람이 보도록 써 붙인 것이다. 이것은 유백륜이 삽 든 사람을 데리고 다니는 것과 무엇이 다른가?"

중거가 한동안 송구한 기색을 짓더니 얼마 뒤에 말하였다.

"자네 말과 같다면 여덟 자나 되는 이 몸을 끌고 어디로 들어가야 한

---

* 유백륜의 중국 진(晉)나라 때 시인 유령. 술을 좋아하여 '주덕송'을 짓기도 했다.

단 말인가?"

내가 다시 그에게 말하였다.

"내가 자네 몸을 귓구멍이나 눈망울 안에 숨게 할 수 있네. 세상천지에 그곳보다 더 크고 넓은 곳은 없을 터이니 자네가 거기 숨어 보겠나? 무릇 사람이 서로 사귀고 일이 서로 관련되는 마당에는 묘한 이치가 있는데 그 이름을 예의라고 하네. 자네가 마치 큰 적을 꺾어 버린 듯 자네 몸을 억누르면서 예의에서 절제를 행하고 예의에서 기준을 세워 당치 않은 일을 귀에 담아 두지 않는다면 몸을 숨기기에는 휑뎅그렁하니 여지가 있을 것일세. 눈이 몸에 대해서도 그와 마찬가지니 당치 않은 일을 눈에 담아 두지 않으면 애초에 남이 나를 흘깃거리지 않는단 말이지. 입에 이르러도 그와 마찬가지니 당치 않은 일을 입에 걸지 않으면 애초에 남의 말밥에 오르내리지 않네. 마음이야 귀나 눈보다 더 넓은 만큼 당치 않은 일로 마음을 동요시키지 않는다면 자기 몸 전체를 사용하는 것이 마음속을 떠나지 않으면서 어디 가서나 몸을 보존하지 못할 곳이 없네."

중거가 술을 들면서 말하였다.

"이건 자네가 내 몸을 몸속에 숨겨 주는 것이요, 몸을 보존할 걱정 없이 몸을 보존할 수 있게 해 주는 것일세그려! 어찌 벽에다 써 붙여 놓고 반성하려 노력하지 않겠는가?"

다섯 아전의 큰 의리

대개 관리란 말은 관리한다는 의미니, 그중에는 꼭대기의 관리도 있고 지휘하는 관리도 있고 책임지는 관리도 있고 허드레 관리도 있다. 하늘을 대신하여 모든 사람을 다스리는 것을 '꼭대기의 관리'라 이르고, 나라의 덕화*를 받들어 백성들에게 고르게 펴는 것을 '지휘하는 관리'라 이르고, 세상일을 보살펴 백성을 인도하는 것을 '책임지는 관리'라고 이른다.

맨 끝 허드레 관리는 책임지는 관리를 도와서 각 고을에서 문서나 만들고 창고나 맡아보는 아랫사람들이요, 보통 신분으로 관청에 드나들면서 일을 하는 무리다. 본디 신분이 미천할 뿐 아니라 일자리도 낮다. 임금이 임명하는 벼슬이 아닌 만큼 왕의 신하라고 볼 수는 없지만, 옛 제도로는 중앙의 가장 낮은 관리와 꼭 같은 녹을 받도록 규정되어 있다. 그렇기 때문에 위로는 임금에서부터 아래로는 서리와 아전에 이르기까지 관리하는 범위는 크고 작은 차이가 없지 않을망정 직책은 관리

* 덕화는 덕으로 교화하는 것.

아닌 것이 없다.

아하! 지금 각 고을의 아전들이 바로 보통 신분으로서 관청 일을 하는 사람들이 아닌가? 중앙의 가장 낮은 관리와 꼭 같은 녹을 받아 농사를 짓지 않고도 생활을 할 수 있는 처지가 아닌가? 지금 각 고을의 책임지는 관리들은 모두 선비 집안 출신이 아닌가? 혹시 세상일을 보살펴 백성을 인도하는 것이 옛날의 선비 집안 출신들과 다른 점은 없는가?

그런데 지금 보통 신분으로 관청 일을 하는 사람들은 농사를 짓지 않고도 살아갈 만큼 중앙의 가장 낮은 관리가 받는 녹을 받지 못하고 있다. 그러니 그들이 나라 창고에서 재물을 훔치고 소송하는 백성들을 등쳐먹고 문서 농간으로 간악한 잇속을 취하는 것도 형편이 그럴 수밖에 없다. 선비 출신 관리로서 각 고을을 책임진 사람 가운데 그 많은 아전들을 진정으로 무섭게 단속해서 감히 법에 어긋나는 일을 하지 못하게 할 수 있는 인물이 있는가? 그것은 모를 일이다.

사람들은 늘 젖은 섶나무를 묶듯이 혹독하게 아전을 단속해야 한다고 말한다. 저들이 예절과 의리와 염치로 아전을 단속한다면 어째서 저들과 함께 조정에 오르지 못하겠는가? 그러나 목을 매어 부리거나 쇠고랑을 채워 끌다시피 하여 모욕을 주면서 아전을 잘 단속하였노라 한다면 그것은 아전을 마소처럼 보고 도적놈처럼 다루는 것이다. 마소나 도적놈에게 절개, 의리, 충성, 신용과 같은 것을 바랄 수 없다는 것은 너무도 분명하다.

아전들이 고을의 원 앞에서 분주히 심부름하는 꼴을 내가 일찍이 보아 왔다. 무릎으로 걸어서 숨이 찰 정도에 이르지 않으면 태만한 놈이라 이르고, 혹시 눈을 치켜뜨다가 시선이 띠 위로 올라오기만 하면 버릇없는 놈이라고 꾸짖는다. 분명히 이치에 당치 않은 분부나 명령도 얼른 "지당하옵니다." 하고 대답하지 않고서 감히 옳다거니 그르다거니 따진다면 그 즉시 얼굴이 시퍼래져서는 "이것이 무슨 버르장머리냐?" 하고 꾸짖지 않을 사람이 없다. 그저 고개를 푹 숙이고 설설 기어다니며 진흙 바닥에 꿇어 엎드려야만 그제야 공손하다고 본다. 만약 이와 조금이라도 어긋나면 비단 그 아전만 버릇없고 교활하다 해서 형벌을 면치 못할 뿐 아니라, 그 위의 원까지도 젖은 섶나무처럼 엄히 단속하지 못했다고 해서 근무 성적 평가에서 '하'를 맞고 쫓겨나게 된다. 그렇기 때문에 선비 출신 관리들이 볼 때에는 눈앞에서 설설 기어다니면서 그저 "예, 예." 하는 아전들이 물불을 가리지 않고 시키는 대로 할 것 같지만, 어느 날 갑자기 위급한 일이 생길 경우에 과연 그들에게 윗사람을 위해서 희생하기를 바랄 수 있겠는가?

거창읍에 있는 영계라는 시냇가에 신씨네 다섯 사람을 제사 지내는 사당이 있다. 모두 좌랑 벼슬을 증직*하였는데, 이름은 석현, 극종, 덕현, 치근, 광세이다. 이들은 한 고을의 보잘것없는 아전이었지만 충성, 의리, 공적이 나라 안에 알려지고 고을 역사에 기록되었으니, 큰 환란을 막아 낸 사람에게 제사를 지내 준다고 하는 경우에 딱 들어맞는다.

* 증직은 죽은 뒤에 품계와 벼슬을 주던 일.

아하! 영조 4년 무신년(1728)에 흉악한 역적이 영남에서 일어나자 그 당시 고을을 다스리던 원들 가운데 일을 내던지고 도망친 자들이 있었다. 각 고을의 아전들이야 허풍을 치면서 빌붙거나 위협에 못 이겨 따라나서기도 하는 등 더 말할 것이 없다. 그러나 맨 먼저 역적 무리의 흉악한 기세를 꺾어 버리고 저들이 감히 쇠퇴고개를 넘어 충청도를 짓밟고 더 북쪽으로 올라가지 못하게 한 것은 누구의 공적이었던가? 슬프도다! 높직한 마루 위에 앉아 인궤*를 어루만지고 이 다섯 사람을 굽어보면서 이래라저래라 지휘하던 자는 누구였던가? 평소에 그들을 단속한 것은 과연 어떤 방법이었던가? 그들은 과연 설설 기어다니거나 땅만 내려다보고 있었기 때문에 원을 잘 받든다는 소리를 듣던 그런 사람들인가? 아니면, 버릇없고 교활하다는 지탄을 받아서 고을 원까지 '하'를 맞고 쫓겨나게 하지는 않았는가?

졸지에 그 난리가 일어나서 아전과 백성들이 모두 정신을 못 차리고 새와 짐승도 전부 내빼는 판인데, 이 다섯 사람이 대의를 외치며 마침내 흉악한 무리의 기세를 꺾고 서울과 온 나라를 지켜 냈다. 이렇게 탁월한 공적을 세운 것으로 본다면 애초부터 마음속에 쌓인 의리가 견고해서 흔들리지 않는 사람이 아니고서야 어떻게 할 수 있는 일이었겠는가?

우리 임금이 왕위에 오르신 지 십이 년이 되는 해(1788)는 무신년이 다시 돌아오는 해인 만큼, 임금께서 지난날의 난리를 평정한 정치적 업

* 인궤는 관아에서 쓰는 도장을 넣어 두던 상자.

적과 군사적 공로를 기념해서 온 나라를 표창하셨다. 아무리 멀어도 닿지 않는 곳이 없고 아무리 적어도 미치지 않는 데가 없어서 시골구석에 있는 미천한 집안까지도 빼놓지 않았다. 이 아니 성대한 일인가?

나는 이웃 고을의 원으로 있으면서 언제나 이 다섯 사람을 모신 사당을 지날 때면 숙연한 마음에 머뭇거리면서 얼른 지나가 버리지를 못했다. 현령 유한기가 나더러 기문을 쓰라고 부탁하기에 내 소감을 적으니, 이로써 선비 출신으로 책임지는 관리가 된 자들을 경계하고자 한다.

흥학재를 지은 뜻

각 고을의 원이 처음 임명되면 그 고을의 경주인[*]이 그에게 원이 해야 할 일곱 가지 일을 적어 준다. 그가 임금에게 하직을 고하러 들어가면 특별히 마루 위로 올라오라고 명령한다. 그다음 승지가 벼슬과 성명을 아뢰라고 할 때 숨죽이고 엎드려 무슨 벼슬의 누구라고 고해야 한다. 또 그다음 일곱 가지의 일을 아뢰라고 하면 일어났다가 다시 엎드려 벌벌 떨면서 일곱 가지 일을 외어야 한다.

"농사짓고 누에 치는 일이 흥성합니다. 인구가 늘어납니다. 교육이 향상됩니다. 군사 관계의 일이 정비됩니다. 세금과 부역이 공평해집니다. 소송이 적어집니다. 아전들의 작폐가 없어집니다."

그러고서는 순서에 따라 물러나 그로써 행정의 지침을 삼으면서 자기가 맡은 고을로 내려오거니와, 이따금 차례를 뒤바꾸거나 잘못 읽은 탓으로 그 자리에서 파면당하는 사람들도 드물지 않다.

대개 이 일곱 가지 일은 모두 고을을 다스리는 큰 항목이요, 백성을

---

* 경주인은 중앙과 지방 관아의 연락 사무를 담당하기 위하여 지방 수령이 서울에 파견하던 아전 또는 향리.

통솔하는 중요한 목표이니, 국가로서 명백히 경계하여 실질적인 일을 책임 지우는 것이 이러하다. 이 가운데 하나라도 잘못한다면 그에게 한 지방에 대한 권리를 주어 백성과 나라를 보호하는 책임을 지우기 곤란하다. 그러나 한갓 입으로 외우기만 한다고 모든 일이 다 잘되는 것일까? 옛 성인의 모든 훌륭한 행실을 입으로 외지 못할 사람은 없다. 어떤 사람이나 외는 것쯤은 할 수 있으니, 이것만 보더라도 성인의 행실이 입으로 외는 데만 달려 있지 않다는 것은 분명하다.

각 지방을 책임진 관리들이 한갓 일곱 가지 일을 입으로 외기만 해서는 무엇에 쓸 것인가? "농사짓고 누에 치는 일을 흥성시키겠습니다." 하지 않고 "농사짓고 누에 치는 일이 흥성합니다." 하니 그것은 이미 과거의 성과를 가리키는 것이요, 앞으로 힘쓰겠다는 말이 아니다. '인구'를 비롯하여 모든 항목이 마찬가지다. 더구나 갓 임명되어 아직 일을 시작하기도 전에 임금에게 하직을 고하는 마당에 어찌하여 지난날 유명한 원들의 성과를 모아다가 마치 제 성과인 듯 늘어놓아야 한단 말인가? 꼭 필요하다면 차라리 승지가 크게 기침하고 목소리를 가다듬어 임금의 지시로 일러 줄 일이다.

"농사짓고 누에 치는 일을 흥성케 하라. 인구가 늘게 하라. 교육에 힘쓰라. 군사 관계의 일을 정비하라. 세금과 부역을 공평히 하라. 소송이 적어지도록 만들라. 아전들이 작폐하지 못하게 하라."

이렇게 이르면서 부임하는 자에게 머리를 조아려 엄숙히 들으라고 한다면 그것은 그래도 옛사람이 법을 읽어 들려주던 뜻이라고 할 수 있을 것이다.

그런데 군자가 이 일곱 가지 정사를 펼칠 때 급히 해야 할 것이 세 가지요, 또 그 가운데 가장 앞세워야 할 것이 한 가지다. 무엇이 급한가? 농사짓고 누에 치는 일이며 세금과 부역이며 인구다. 어째서 이 세 가지가 급한가? 《서경》에 이르기를 "생산이 풍부해야 사람도 좋아진다."고 하였다. 대개 농사짓고 누에 치는 일이 흥성하지 못하면 교육을 향상시킬 수 없고, 세금과 부역이 공평치 못하면 인구가 늘어날 수 없으며, 인구가 늘어나지 못하면 군사 관계의 일도 정비할 수 없다. 그러나 만약 농사짓고 누에 치는 일을 흥성시키고 세금과 부역을 공평히 하면 도망가고 흩어졌던 사람들이 본디 생업으로 돌아와 인구가 저절로 늘어날 것이요, 따라서 군사 관계의 일을 정비하는 것도 별로 걱정할 필요가 없지 않은가? 그렇게 되면 소송 사건과 아전의 작폐도 번거롭게 형벌을 내리지 않아도 줄어들고 사라질 것이다.

그렇다면 무엇을 앞세워야 하겠는가? 교육을 가장 앞세워야 한다. 어떻게 앞세울 것인가? 자기 몸으로 솔선하여 앞세워야 한다. 농사짓고 누에 치는 일이 아무리 급하다고 하더라도 백성들에게 부지런히 권고할 뿐, 그 일이 한 지방을 책임진 관리가 몸소 앞장설 일은 아니다. 세금과 부역을 공평히 하고 인구를 늘리고 소송을 적게 만들고 아전들의 작폐를 없애는 일도 또한 억지로 해서 될 일이 아니다. 그러니 책임진 관리로서 몸소 곧 실행할 수 있는 일은 오직 교육뿐이다.

공자의 제자 자유가 무성의 원이 되어서 기악과 노래로 정사를 하면서 말하였다.

"우리 선생님께 들으니 군자가 사물의 이치를 배우면 사람을 사랑하게 되고, 소인배가 사물의 이치를 배우면 부려 먹기 쉽게 된다고 하셨다."

그런데 후세에 이른바 학교라는 곳에서는 그저 쓸데없이 옛글이나 지껄이고 앉았을 뿐이요, 예의, 음악, 활쏘기, 말타기, 글씨, 셈 세기 따위의 과목은 오직 빈이름으로만 남아 있을 뿐이다. 우리의 눈, 귀, 손, 발로 늘 접촉하는 사물이나 우리 마음과 생각이 미치는 대상에 대해서는 오늘날 군자라고 하는 사람들도 애초부터 새까맣게 모르고 있는 판이다. 더구나 소인배들이야 말해 무엇 하랴?

아하! 옛날에 마을에서 술 마시는 예를 벌이거나 활 연습하는 모임을 열거나 노인을 존경하거나 농민들을 위안하거나 재주를 겨루거나 정책을 채택하는 일에서부터, 역적의 목을 잘라 올리고 죄인을 심문하고 군사 사무를 토의하는 일에 이르기까지 어느 것 하나도 학문과 관계되지 않은 것은 없었다. 그러니까 저 원의 일곱 가지 일도 비록 다른 부문으로 나뉘어 서로 달라 보일지언정 모두 학교에서 일상적으로 가르쳐야 할 것들이다.

자유가 정사를 베푼들 어떻게 마을마다 돌아다니면서 사람마다 붙들고 직접 가르쳤겠는가? 그 지방의 우수한 청년들을 뽑아서 큰 마을에 있는 낮은 급의 학교와 작은 마을에 있는 낮은 급의 학교에 입학시켜 이끌어 주었을 뿐이다. 백성을 격려하는 방법치고 이밖에 다른 것은 없는

데다가 몸소 이끌어 주기까지 하니 백성들이 순종하기를 마치 바람에 풀이 쏠리듯 하고 비 온 뒤에 움이 돋듯 한 것이다. 그렇기 때문에 일곱 가지 일 가운데 급한 것은 세 가지요, 그 세 가지 가운데 앞세울 것은 교육이다.

윤광석 공이 함양 원으로 온 지 세 해째 되던 해에 고을 선비들이 서로 의논하였다.

"우리 고을에서 교육에 힘쓰지 못한 지 오래되었으니 우리 명철한 원님의 걱정이 되지 않겠는가?"

"서쪽 시냇물 동쪽 언덕 위에 있는 집이 점필재(김종직), 남명과 같은 저명한 분들의 발걸음이 미친 곳이요, 우리 고을의 유명한 어른인 노옥계, 강개암 선생이 머물던 자리이니 거기서 공부하는 것이 어떠한가?"

윤 공이 그 말을 듣고 말하였다.

"이거야말로 내가 할 일이 아닌가?"

윤 공이 자기 봉급을 떼 내어 전답을 장만하고 서적을 수집하고 방과 마루까지 수리하더니 그 집 이름을 '흥학재'라고 지어 붙였다.

아하! 윤 공이 이 고을에 부임한 지 겨우 두 해 만에 교육이 향상될 조짐이 벌써 나타난 것이 아닌가? 그 집 이름을 교육이 향상되었다고 하지 않고 교육을 향상시켜야 한다고 하였으니, 이는 과거의 성과보다 장래의 목표를 중히 여긴다는 뜻이다. 이처럼 그는 정사를 펼 때 실로 어떤 것을 먼저 하고 어떤 것을 나중에 할지를 잘 아는 사람이었다. 내가 보건대 윤 공은 몸소 이끌어 주면서 교육을 향상시키려 하였다. 이 집에서 공부하는 사람들도 학문을 어느 정도 이룬 뒤에도 이미 이루어졌노라 말하지 말고 장차 이루겠노라 말할 것이다. 그들의 앞길이 어찌 원대하지 않을 수 있으며 그들이 어찌 한 고을의 인재로만 그치고 말 것인가?

내가 자격도 없이 이웃 고을의 원으로 앉아 현실 사무에 치중하라는 국가의 본의를 받들지 못하고 있다. 밤낮 송구한 마음으로 행정 사업의 성과가 오르지 못하는 것을 걱정하다가 윤 공의 이런 성과를 듣고, 특히 이 집 이름에 느낀 바가 있어 기문을 지어 보내서 벽에 붙이게 한다.

겨울 눈 속 대나무

사함(유한렴)이 스스로 죽원옹*이라고 별호를 짓고 자기가 지내는 방에다가는 '불이(不移)'라고 써 붙인 뒤 나더러 글을 지어 달라고 청하였다. 내가 일찍이 그의 집에도 들르고 후원을 거닐기도 했건만 나무 한 그루 본 적이 없었다. 내가 그를 돌아보고 웃으면서 말하였다.

"이야말로 '허탕 고을'의 '안 있는 선생' 댁이 아닌가? 이름이란 실상 빈 껍질이니 나더러 빈 껍질을 놓고 글을 쓰란 말인가?"

사함이 한참 무색해하다가 말하였다.

"그건 그저 내 뜻을 보이려는 것이지……."

내가 웃으면서 말하였다.

"상관없네. 내가 장차 자네를 위해서 속 알맹이를 채워 줌세. 예전에 이공보 학사가 벼슬을 쉬고 있을 적에 매화를 두고 시를 지은 다음 심동현의 매화 그림 한 폭을 얻어서 그 위의 화제로 썼네. 그리고는 나를 보고 웃으면서 '안타깝군. 심 씨의 그림은 그저 본 물건과 같

* 죽원옹은 대나무 숲 속에 있는 집에 사는 늙은이라는 뜻.

을 뿐이란 말이야.' 하더군. 내가 의아해서 '그림이 본 물건과 같으면 훌륭한 화가인데 학사께서는 왜 웃으십니까?' 하고 물었지. 그랬더니 '까닭이 있지.' 하면서 이런 이야기를 하더군.

'내가 본래 이원령과 친해서 언젠가 한번은 비단 한 폭을 보내 주고 서 제갈량의 사당 앞에 있는 전나무를 그려 달라고 한 적이 있네. 얼마 지나서 그가 눈에 대한 글을 전자*로 써서 보냈기에 나는 아주 좋아하면서 그림도 어서 보내라고 독촉했지. 그랬더니 '자네 모르나? 나는 벌써 보냈는걸?' 하며 웃기에 '전날 자네가 보낸 것은 눈을 읊은 시를 쓴 전자 글씨인데 자네가 혹시 잊어버린 것이 아닌가?' 하였네. 원령이 다시 웃더니 '전나무가 그 가운데 있단 말일세. 바람과 서리가 극성스럽게 무서울 적에 변하지 않는 것이 무엇인가? 자네가 전나무를 보려거든 눈 가운데서 찾게나그려.' 하더군. 그래서 나도 웃으면서 대꾸하기를 '그림을 청하다가 전자 글씨를 얻었는데 눈을 보고 변치 않는 것을 생각하라니, 내가 바라는 전나무 그림과는 너무나 동떨어지네. 자네 생각이 아무래도 허황하지 않은가?' 하였네.

그 뒤 내가 임금에게 바른말을 하다가 죄를 얻어서 흑산도로 귀양을 가게 되었지. 하루 낮밤을 쉬지 않고 칠백 리를 달렸다네. 전해 오는 소문에 금부도사가 사형 명령을 가지고 뒤쫓아 온다고 하니 종과 하인들이 놀라고 겁이 나서 울고불고하였지.

---

* 전자는 한자의 서체 가운데 하나. 전서.

164

날은 춥고 눈은 퍼부어 성근 나무와 무너진 벼랑이 함빡 눈에 덮이니 천지가 아득하여 끝이 보이지 않는데, 바위 앞 늙은 나무가 가지를 축 늘어뜨리고 있는 것이 마치 마른 대나무처럼 보이는 것이 아닌가. 나는 말을 세우고 도롱이를 벗은 다음 손가락으로 멀리 가리키면서 감탄했네.

'저게 바로 원령이 전자 글씨로 보여 준 나무가 아니냐?'

섬에서 귀양살이하면서도 축축하고 더운 땅에서 일어나는 독기가 서린 안개는 언제나 어둑어둑하고, 독사와 지네가 베개와 이부자리에 줄줄이 맺혀서 위험하기 짝이 없었지. 하룻밤 큰바람이 온 바다를 뒤흔들면 마치 벼락이나 치는 듯하여 따라온 아랫사람들은 넋이 빠지고 구역질과 현기증을 멈추지 못했네. 나는 노래를 지었다네.

남쪽 바다 산호가 꺾어진들 어떠리!
오늘 밤 백옥루*가 행여 추울까 걱정되네.

원령이 나에게 편지를 썼네.

'요사이 자네의 산호 노래를 얻어 보니 사연이 간절하고도 연약하지 않고 원망하거나 후회하는 뜻이 조금도 없으니, 자네가 어려운 고비를 잘 참아 나가고 있는 걸 알겠네. 전날 자네가 전나무를 그

---

* 백옥루는 옥황상제가 사는 곳. 여기서는 임금이 사는 궁궐을 가리킨다.

려 달라고 하더니만 이제 보니 자네 또한 그림을 곧잘 그리는 셈일세그려.

자네가 떠난 뒤 전나무 그림 수십 폭이 서울에 남아 있다네. 모두 서리들이 모지라진 붓으로 베껴 그린 것이기는 하지만 굳은 줄기의 곧은 기운이 늠름해서 만만히 보기가 어려운 데다가 가지와 잎새가 한데 어울린 것이 어쩌면 그렇게도 무성하단 말인가!'

내가 고만 웃음이 터져서 원령이야말로 뼈 없는 그림*을 그리고 있다고 했다네. 이로 본다면 잘 그리는 그림은 반드시 본 물건과 같은 데만 있는 것도 아니지.

이 학사의 이야기를 듣고 나 또한 웃지 않을 수 없었네. 그가 세상을 떠난 뒤 그의 문집을 펴내다가 그가 귀양을 갔을 때 자기 형님에게 보낸 편지를 보았네. 거기에는 '최근 아무개의 편지를 받았는데, 글쎄 저를 위한답시고 저더러 임금께 풀어 주십사 하는 양해를 구하겠느냐 묻더이다. 이 사람이 어째 이리 나를 박대하는 것입니까? 제가 비록 바닷속에서 썩어 죽을망정 그런 일은 하지 않겠습니다.'라고 쓰여 있었네. 내가 그 편지를 들고서, '이 학사야말로 참으로 눈 속의 전나무다. 선비가 곤궁해진 뒤라야 진심을 알게 된다. 위험한 형편에 처하고 곤란한 처지에 빠졌어도 지조를 고치지 않으며 높고 외로이 우뚝하게 솟아서 뜻을 굽히지 않는 것이 추운 철이 되어야만 드러나

---

* 뼈 없는 그림은 붓으로 윤곽을 그리지 않고 채색한 그림. 원령이 서리들이 그린 전나무 그림을 사이비라고 은근히 풍자했다는 말이다.

는 것이 아니냐?' 하며 슬피 탄식하였다네.

이제 우리 사함이 대나무를 사랑하는구나. 아하! 사함이야말로 참으로 대나무를 아는 사람인가? 추운 철을 당하거든 내 장차 자네 댁을 찾아와 후원을 거닐 때 과연 눈 속에서 대나무를 볼 수 있다면 얼마나 좋겠는가?"

나를 비워 남을 들이네

완산(전라북도 전주)에 사는 이낙서*가 책을 쌓아 놓는 방에다가 '소완
정*'이라고 써 붙여 놓고서는 기문을 지어 달라고 청하길래 내가 점잖게
한 소리 했다.

"저 물고기가 물속에서 놀면서 물을 보지 못하는 것은 무슨 까닭인
가? 뵈는 것이 모두 물이라 물이 없는 것이나 마찬가지란 말일세.

이제 자네 책이 방에 가득하고 시렁에도 듬뿍 얹혀 앞이나 뒤나 오
른쪽이나 왼쪽이나 온통 책뿐이고 보니, 마치 물고기가 물속에서 노
는 것과 같지 않은가. 비록 동중서처럼 공부에만 마음을 쏟고, 장화
더러 기록을 도와 달라고 하고, 동방삭의 외는 재주를 빌려 온다고
하더라도* 자네에게는 장차 깨달음이 없을 것이네. 그래도 좋은가?"

그랬더니 낙서가 놀라서 물었다.

---

* 이낙서는 박지원의 제자 이서구(1754~1825). 호는 척재, 자는 낙서.
* 소완정은 서재에 가득 쌓인 책들을 즐기는 곳이라는 뜻.
* 동중서는 중국 전한의 유학자. 장화는 중국 진(晉)나라의 정치가. 수많은 책을 읽고 책 사백 권을
  지었고 그 책들을 다시 열 권으로 줄일 정도로 저술과 정리를 잘했다고 한다. 동방삭은 중국 한나
  라의 문인으로 책을 좋아하고 외기를 잘했다고 한다.

"그렇다면 어째야 합니까?"

"자네는 무엇을 찾으러 다니는 사람을 보지 못했는가? 앞을 보자면 뒤를 못 보고 오른쪽을 살피노라면 왼쪽은 놓치게 되지. 왜 그런가? 방 한가운데 앉아 있어서 몸과 물건이 서로 가리게 되고 눈과 공간이 너무 가까이 맞닿아 버리기 때문일세.

차라리 몸이 방 밖에 나가서 창구멍을 뚫고 들여다보는 것이 더 낫다네. 그렇게 하면 단 한 번 눈여겨보기만 해도 방 속의 물건을 깡그리 볼 수 있네."

낙서가 고마워하며 말하였다.

"선생님께서는 제게 요약하는 법을 가르쳐 주시고 계십니다."

내가 또 말하였다.

"자네가 이미 요약하는 법을 알았으니 이제 눈으로 보지 않고 마음으로 비쳐서 아는 법을 가르쳐 주겠네.

저 해를 보게. 저 해는 온 세상을 내리덮고 온갖 물건을 길러 낸다네. 젖은 것은 햇볕을 쪼이면 바짝 말라 버리고 어두운 데는 햇빛을 비추면 환해지네. 하지만 저 해가 나무를 사르거나 쇠를 녹이지 못하는 것은 무슨 까닭인가? 빛이 퍼져서 정기가 흩어지기 때문일세. 만약 만 리에 두루 비치던 빛을 거두어들여 조그만 틈으로 들어갈 만한 빛이 되도록 둥근 유리알로 받아서 그 정기를 콩알만 하게 만든다고 해 보세. 그러면 처음에는 조그맣게 어른거리다가 갑자기 불꽃이 일어 풀썩풀썩 타 버리게 될 걸세. 이것은 어째서인가? 빛이 한곳에 모여 흩어지지 않고 정기가 뭉쳐서 한 덩이로 되기 때문일세."

낙서가 또 고마워하며 말하였다.

"선생님께서 저를 깨우쳐 주시고 계십니다."

다시 내가 말하였다.

"이 천지간에 흩어져 있는 것이 책의 정기가 아닌 것이 없다네. 바짝 눈앞에 들이대고 보아야만 할 것도 아니요, 몇 칸 방 안에서만 찾아야 할 것도 아닐세.

복희씨*가 글을 보는 데는 우러러 하늘을 고찰하고 굽어 땅을 살폈다고 했는데, 공자가 그것을 높이 평가하면서 가만히 있을 때면 글을 완상한다고 했네. 완상한다는 말이 어찌 눈으로 보아서만 살핀다는 뜻이겠는가? 입으로 맛을 보면 맛을 알게 되고, 귀로 들으면 소리를 알게 되고, 마음으로 헤아려 보면 정신을 알게 되는 것일세.

이제 자네가 창에 구멍을 뚫고 방 안을 한꺼번에 훑어보며 유리알로 빛을 받아서 마음속에 깨달은 바가 있다고 하세나. 그렇다고 해도 방과 창이 비어 있지 않으면 밝음을 받아들일 수 없고 유리알이 투명하게 비어 있지 않으면 정기를 모을 수 없는 법.

무릇 뜻을 환하게 하는 길은 나를 비워 남을 받아들이고, 마음을 맑게 해서 사사로운 생각이 없는 데 있다네. 이것이 바로 완상한다는 뜻이겠네."

---

* 복희씨는 고대 중국 전설에 나오는 임금. 팔괘를 만들고 글쓰기를 처음으로 가르쳤다고 전한다.

낙서가 말하였다.

"제가 바람벽에 붙이려고 하니 선생님의 말씀을 글로 주십시오."

그래서 내가 글로 적는다.

3부

나는 껄껄 선생이라오

천하 사람의 근심을 앞질러 근심하시오

일찍이 제가 젊어서 신경병을 앓을 적에 천하의 아낙네들이 갓 해산을 하고 나서 혼곤하게 잠이 들었다가 잠결에 젖으로 아기 입을 누르면 어쩌나 하는 생각에 갑자기 걱정되어 밤중에 일어나서 서성거리면서 잠을 이루지 못한 일이 있습니다.

이제 늘그막에 원이 되어 오천 호를 다스리고 있는데, 이 백성들은 맹자가 말하던 벌거숭이요, 노자가 말하던 철부지 아이인 셈입니다. 철부지 아이는 골이 나면 제 머리를 쥐어뜯고 울며 발버둥질을 칩니다. 다른 사람이 가서 천 가지로 비유하고 만 가지로 형용해도 그가 웅얼거리는 말이 무슨 뜻인지 모르지만 오직 어머니만은 구절구절이 무슨 뜻인지 짐작해서 알아냅니다. 비로소 알게 되었습니다. 갓 해산한 아낙네는 자나 깨나 젖을 먹이는 한마음뿐입니다. 감각 밖에서도 아기의 소리를 듣고 있으며 꿈꾸는 가운데서도 아기를 살피고 있는 것입니다. 지극한 정성이 아니고서야 어찌 이럴 수 있겠습니까?

제가 아무리 처음 부임한 어설픈 원이라고 하지만 그다지 막히거나 그르칠 일은 없다고 자신했는데, 오직 시노* 삼백 명에 이르러서는 생각하고 생각할수록 배와 등이 꼿꼿해서 삼십 년 전의 신경병이 다시 도질 정도입니다.

일찍이 말을 들으니 숨고 도망한 시노를 채근해서 정원을 채워 놓을 때 한갓 시노를 통솔하는 두목*의 비밀스런 공술*만을 근거로 삼았다고 합니다. 부족한 노비의 정원을 채워 놓았다고는 하지만 그들은 모두 외손의 외손들이고, 또 보*로 달린 자들 또한 외가의 외가 쪽 사람들입니다. 당대의 한다하는 양반들도 팔 대까지 부계와 모계를 밝혀 놓은 팔세보를 장만해 둔 사람이 드뭅니다. 양반의 집안이 변천이 많아서 증거가 충분치 못하기 때문이지요. 그런데 하물며 두메산골 무식한 백성들이야 제 아비의 이름도 모르는 자가 많거니와 이리저리 돌고 돌아 내려온 외가의 외가 쪽 식구들을 어떻게 알겠습니까?

이 정도 친인척 관계라면 설사 양반들이라도 서로 만났을 때 말 위에서 그저 읍 한 번 하는 것으로 충분하거늘, 어찌 일생을 두고두고 얽혀 붙어서 그 때문에 집안을 망치고 재산을 탕진해도 좋다고 생각하겠습니까? 그네들이 이 고을에 줄곧 살고나 있다면 그래도 이름을 따지면서 검열을 해 볼 수 있으니 이야깃거리는 될 것입니다. 그렇지만 몰래 딴 고장으로 옮겨 가서 슬그머니 공포*를 바치며 애초부터 본 이름을 감

* 시노는 시중을 드는 남자 종.
* 두목은 관청의 노비를 통솔하는 두목 노비. 노비 열 명마다 한 명의 두목을 정한다.
* 공술은 죄인이 범죄 사실을 진술한 말.
* 보는 노비가 도망하거나 공포를 바치지 못할 때 책임져야 하는 사람. 나라에서 강제로 정한다.
* 공포(貢布)는 공노비가 몸으로 하는 노역 대신 나라에 바치던 베.

추어 살았는지 죽었는지도 확실치 않으니, 아무리 명부를 놓고서 철저히 조사를 하려고 해도 그럴 사정이 못 됩니다. 때로는 죽은 사람이 살아 있는 것으로 되고, 때로는 여자가 남자가 되기도 합니다. 처녀에게 자식을 내놓으라고 할 때도 있고, 가짜 이름을 들고 다니며 주인을 내놓으라고 할 때도 있습니다. 두목이 이르는 곳마다 호통과 협박이 따르니 그 와중에 농간을 부려 부정한 사건이 많이 생기는 것도 피할 수 없는 형세입니다.

이러한 폐단이 죽은 사람에게 부역을 배정하고 젖내 나는 아이에게 부역을 들씌우는 것보다도 오히려 심하건만 드러내어 억울한 하소연도 하지 못합니다. 오직 분한 마음이 뼈에 사무치지만, 혹시나 탄로 날까 두려운 나머지 도리어 뇌물을 바쳐 가면서 이웃 간에도 숨기고 맙니다. 이야말로 손님을 감춰 두고 밥쌀만 더 달라는 격이요, 병 증세는 숨기고 약만 지으라는 격이며, 가려운 곳은 말하지 않으면서 남더러 긁으라는 격입니다. 그 가운데는 실로 부득이해서 어떻게도 할 수 없는 사정이 있는 것이 아니겠습니까?

그렇기 때문에 시노 명부에 조금만 연루되면 비록 딸자식이 다섯이나 되더라도 사위 하나 얻어 볼 수가 없습니다. 그런 여자들이 머리가 허옇도록 시집을 못 가고 한을 품은 채 일생을 마치니, 이 얼마나 천지간의 조화로운 기운을 손상시키는 일입니까?

이 문제로 죄를 당한 각지의 원들이 한둘이 아니지마는 그것은 큰 문제가 되지 않습니다. 다만 나라를 위해서 천지의 화기를 돕고 임금의 은덕을 펴자면 이 폐단을 빨리 바로잡아야 할 것입니다.

이제 저는 안의라는 고을 하나만의 문제를 말하는 것이 아닙니다. 이 고을이 저러하니 다른 고을이 어떨지 알 만하고, 한 도가 이러하니 팔도를 짐작할 수 있을 것입니다. 바깥 벼슬을 하던 공께서 드디어 정승 자리에 올랐으니 이 문제는 직접 목격하셨을 것이며, 폐단이 되는 사정도 익히 아실 것입니다. 첫 연대*에서 임금께 올릴 말씀으로 이 문제가 가장 적절하리라 생각합니다.

구구한 제 마음속에는 공께서 천하 사람의 근심을 앞질러 근심하시리라 깊이 바라고 있습니다.

* 연대는 임금과 신하가 함께 공부하는 경연 자리에서 임금과 만나는 일.

나는 껄껄 선생이라오

　지붕 위의 비둘기가 비가 오라 우짖고 날이 들라 우짖어 완연히 꽃철을 앞둔 날씨로군요. 벌써 먼 곳 아지랑이가 눈에 어른거리고 뜰 앞 푸른 못물에는 비치는 대로 그림자가 나타납니다. 소송하러 오는 백성도 없고 아전들마저 물러가 보이지 않으니 오늘은 처음으로 한가로운 틈을 얻어서 일 년 만에야 비로소 원 노릇하는 재미를 알았습니다.

　뒷짐을 지고 난간을 거닐면서 멀리 있는 그대를 그리던 차에 신비롭게도 그대의 편지를 받았습니다. 서로 그리는 정이 통했는지 산과 물도 우리 사이를 가로막지 못하는 것 같습니다.

　온 경상도 일흔두 개 고을이 불쌍히도 극심한 흉년을 만나서 모두가 대규모 기민 구제를 시행하고 있습니다. 지금 원 된 사람으로서는 굶주린 백성을 되도록 정확히 가려내야 하고 구제 물자를 되도록 많이 마련해야 합니다. 그러자니 근심스러워 정신을 쏟다 보면 어찌 고달프고 고생스러워 몸이 축나지 않을 수 있겠습니까? 더구나 대구처럼 감영을 턱 밑에 놓고 앉았고 사무가 번다한 고을로서는 도처의 어려움이 다른 고을보다 곱절은 더할 것이 아니겠습니까?

요사이 이웃 고을 원들의 편지를 받아 보면 근심과 걱정이 지나쳐서 찌푸린 이맛살이 편지 위에 비치고 끙끙 앓는 소리가 붓끝에서 그치지 않습니다. 답장을 보내는 내 마음까지도 불안합니다. 그런데 뜻밖에 대상에 구애되지 않고 언제나 낙천적이던 그대조차 자신도 모르는 사이에 이런 모습을 짓고 있으니 어찌 개탄하지 않을 수 있습니까?

아, 우리나라에서는 인재를 등용하는 길이 극히 편협하여 과거에 급제하지 못하고서는 아무리 학식이 하늘의 이치와 사람의 일을 꿰뚫고, 재주가 학문과 무예를 겸했다고 하더라도 애초에 어찌해 볼 길이 없습니다. 지금 조정에서 활개 치며 나라의 큰 계획을 토의하고 임금의 덕화를 돕는다고 하는 사람치고 대과* 출신이 아닌 사람이 어디 있습니까? 그다음 소과 출신도 남행*으로 나가서 벼슬을 한다고는 하지만 하급 관리를 더 넘어서지 못합니다. 밤낮 소원이 어느 고을의 원이나 하나 얻어 하는 것인 만큼, 그 고을이 큰지 작은지나 따지고 그 고을에 특산품이 있는가 없는가를 묻고 다니니, 그 처신이 허드레꾼들과 조금도 다름이 없습니다.

명색이 한 고을의 어른이라고 하지만 매사를 스스로 처리하지 못하며, 평정*에서 살아남으려고 윗사람 비위 맞추기에 분주합니다. 자기가 맡은 고을에 무슨 폐단이 있다거나 백성들의 고통이 어떻다거나 그런

* 대과는 과거 시험의 문과와 무과를 소과에 상대해서 이르던 말.
* 남행은 과거를 거치지 않고 조상의 공덕으로 맡은 벼슬, 또는 그런 벼슬아치.
* 평정은 근무 성적을 평가해서 결정하는 일.

일은 생각해 볼 겨를조차 없지요. 겨를만 없는 것이 아니라 어떻게 해 보려고 했댔자 자기 힘으로는 어찌할 도리가 없으니 생각하나 마나 마찬가지입니다. 그렇기 때문에 그중 재능이 있다는 사람도 장부 정리나 하고 나라 재산 관리나 하면서 그저 죄나 짓지 않으면 다행으로 여깁니다.

그런데 재능 있는 사람이 평생 품었던 뜻을 한번 펴 볼 기회로는 오직 굶주린 백성을 구제하는 한 가지 일이 있습니다. 나나 그대나 크게는 대과에 급제하지 못하고 작게는 진사도 되지 못하여 모두 일없는 몸으로 맥없이 살며 용렬하게도 마을에서 웃고 떠드는 것으로 세월을 보냈습니다. 제 딴에는 의복을 갖추고 나간다고는 하나 남루해진 지 이미 오래며, 말로는 양반이라고 부르나 실상 양반 노릇을 못 하는 것이 부끄럽습니다. 머리가 허예지고 살가죽도 쭈글쭈글해져 아무런 희망도 붙이지 못했더니 운 좋게도 늘그막에 이르러서야 앞서거니 뒤서거니 벼슬 한자리씩 얻어서 하게 되었군요.

옛사람들이 말한 벼슬을 살기에 적당한 나이는 벌써 지났습니다만 그래도 직분을 다하기에는 아직 앞날이 남아 있습니다. 대여섯 해가 지나는 동안에 그대는 벌써 중요한 고을을 두 번째로 책임지고 있고 나 또한 한 고을을 맡고 있습니다. 이럴 때 큰 흉년을 만났으니 빈민을 구제하여 베풀어 주는 것이 더없이 좋은 기회가 아닙니까? 마땅히 온 마음을 기울여야 하고 쏨바귀도 냉이 맛으로 여기고 자셔야 할 터인데 어찌하여 신세타령을 해 가면서 스스로 괴로운 내색을 하신다는 말입니까?

돌이켜 생각하면 오십 년 동안 항상 끼니를 거르고 입 주체를 못 하던 변변치 않은 주제가 돌연 임금의 은혜를 한껏 입어서 이제는 부잣집 할아버지 노릇을 하고 있습니다. 뜰 한복판에 큰솥을 수십 개 걸어 놓고 굶주려 비슬비슬하는 천사백여 명의 백성들을 청해다가 한 달에 세 차례씩 즐거운 자리를 가집니다. 이보다 더 즐거운 일은 없습니다. 세상에 어떤 즐거움이 이만하겠습니까?

저 장공예*가 억지로 구 대가 한집에서 같이 살면서 참았다는 것이 무엇을 의미합니까? 공자가 말하기를, "이것을 참는다면 무엇을 참지 못하랴." 하였고, 맹자가 말하기를, "사람마다 남에게 차마 하지 못하는 마음을 가지고 있다."고 하였습니다. 성인도 참을 수 없는 일에 대해서는 참지 못하는 것이 이렇습니다. '참을 인(忍)' 자 한 글자를 쓰기도 무척이나 어려운데 어찌 차마 백 글자씩이나 쓴단 말입니까? 백 글자를 쓴 이면에는 아마도 찡그리고 찡그리어 주름살이 온 얼굴 가득히 가로세로 외로 바로 잡히고 있었을 테지요. 양 미간의 '내 천(川)' 자와 이마의 '북방 임(壬)' 자도 눈에 선합니다.

그런데 눈으로 보고도 참으면 소경이요, 귀로 듣고도 참으면 귀머거리요, 입으로 말하려는 것을 참으면 벙어리가 되고 맙니다. 이것은 아주 옳지 못합니다. 측은한 마음의 싹을 끊어 던지려면 마음에 칼을 한 번 찌르는 것*으로 충분합니다. 왜 쓸데없이 같은 글자를 백 번이나 포

* 장공예는 중국 당나라 사람. 9대조 이후의 자손들을 모두 모아 한집에서 살고 있었는데, 어떻게 그렇게 살 수 있느냐는 당 고종의 물음에 '참을 인' 자를 백 번 써 보였다고 한다.
* '참을 인' 자를 한 번 쓰는 것. '칼날 인(刃)'과 '마음 심(心)'을 모으면 '참을 인(忍)'이 된다.

개 쓴단 말입니까?

내가 즐겁다(樂)는 글자 한 자를 써 놓으면 거기에는 웃는다(笑)는 글자가 무수하게 따라붙습니다. 이렇게 지낸다면 한 집에 구 대는 물론이고 백 대도 살 것입니다. 이 편지를 뜯어보고 나서 그대가 나를 껄껄 선생으로 부른다 하더라도 내 굳이 사양하지 않으리다.

나더러 오랑캐라 하니

지난번 주신 편지에 적어 보내신 그 어떤 사람의 말*이라는 것은 그저 한 차례 웃고 말 수밖에 없는 것이더군요. 속담에 이르기를, 꿈에 중을 보면 문둥이가 된다고 합니다. 무슨 뜻일까요? 중은 절에서 살고 절은 산속에 있습니다. 산속에는 옻나무가 있고 옻이 오른 사람은 문둥이처럼 됩니다. 중을 꿈꾼 것과 문둥이는 이렇게 관련되는 것입니다.

옛날에 중국을 갔다 온 적이 있습니다. 지금 중국은 오랑캐가 점령하고 있지요. 그러니 중국 사람과 같이 놀기도 하고 같이 먹기도 한 나는 꿈속에 중을 본 정도가 아니겠지요. 세상 사람들이 나를 문둥이라고 하더라도 괴이할 것이 없습니다.

어려서 함께 자라고 늙을 때까지 허물없이 지내던 한 친구가 잘 때 쓰는 내 갓을 가리켜 마래기*라고 놀리고, 헐어 빠진 내 베저고리를 가지고 짐승 털로 짠 겉옷이라고 농담한 일이 있었습니다. 그렇다고 해서 내가 정말 붉은 실로 된 마래기요, 홀태 소매를 단 겉옷을 입었다는 말

* 연암이 백성에게 오랑캐라는 욕을 먹었다는 헛소문.
* 마래기는 둘레가 넓고 높이가 낮은 모자. 중국 청나라 때 관리들이 쓰던 모자의 한 종류.

이었겠습니까? 오랑캐라고 하면 어린애들까지도 부끄러워하는 까닭에 내 물건을 오랑캐 것이라고 놀리며 한번 웃자는 노릇이었지요. 둘이 같이 목욕을 하면서 벌거벗었다고 흉을 보는 격이니 누가 골을 낼 수 있습니까? 수십 년 이래로 옛 친구는 거의 다 세상을 떠났습니다. 때로는 하룻밤 우스갯소리나 하면서 지내 보고 싶은 때도 있지만 그마저도 이제는 할 수 없게 되었습니다. 어찌 슬프지 않겠습니까?

그렇지만 평생을 서로 모르고 지내던 어떤 자가 갑자기 내게 오랑캐 옷을 입었느니 어쩌느니 하는 말을 던진다면 그것은 옳지 않습니다. 더구나 그것을 글로 써서 함부로 욕설을 퍼붓는 것이겠습니까? 허파에 바람이 들어 실성하지 않고서야 어찌 하루아침에 오랑캐로 손가락질 당하는 수모를 참고만 있겠습니까? 그것은 도리에도 맞지 않는 일입니다. 하인들 보기에도 쑥스럽거늘 어떻게 낯 뜨거운 얼굴로 원의 자리에서 아전과 백성들을 마주하겠습니까? 그자의 말이라는 것이 도무지 미련하기 짝이 없으니 거리의 아이들이나 저자의 심부름꾼인들 누가 믿겠습니까? 그저 한차례 웃고 마는 수밖에요.

제 자식들에게는, 저를 두고 하는 말들에 대해 행여 남에게 어떠어떠하다고 변명하려고 하지 말라고 일러 주기 바랍니다. 설사 '없는 선생'*의 이름을 묻는 사람이 있다고 하더라도 그저 얼굴은 허옇고 눈썹이 드문드문한 그런 사람이라고 대답하면 될 것입니다.

---

* 없는 선생은 중국 한나라 사마상여의 '자허부'에 나오는 허구의 인물. 어디에도 존재하지 않는 사람이라는 뜻으로, 여기에서는 오랑캐의 옷을 입었다는 사람을 가리킨다.

《열하일기》*에 아직도 시비라니

　그들이 오랑캐의 칭호를 쓴 글이라고 시비한다는 것은 대체 어떤 점을 가리키는 것입니까? 연호를 말하는 것입니까? 지명을 말하는 것입니까? 이것은 기행문일 따름입니다. 그런 글이 있건 없건 또 잘 지었건 못 지었건 세상에 영향을 끼칠 것이 못 됩니다. 언제 《춘추》의 의리로 따지고 나서 붓을 들었겠습니까? 지금 갑자기 그런 것을 들고 나서서 잘못이라고 책망하는 것은 좀 과합니다.

　아아! 청나라의 연호를 처음 쓰기 시작할 때 우리나라의 옛 어진 이들 가운데 관리 임명장 위에는 쓰지 말자고 제의한 분이 있습니다. 또 양반집에서 조상의 무덤에 글을 새길 때 명나라 마지막 임금의 연호인 숭정의 기원을 쓰는 관례는 있습니다. 그러나 공사 간의 모든 문서에는 청의 연호를 피할 수 없습니다. 대개 부득이한 노릇입니다. 그렇기 때문에 논밭이나 집을 장만할 때 대대로 전해 가려고 생각하지 않는 것이 아니건만 문서에는 당시의 연호를 쓰는 것입니다. 그렇게 하지 않고서

---

*《열하일기》는 연암이 1780년 사신 일행을 따라 청나라에 다녀온 뒤 쓴 여행기다. 열하는 황제의 피서 산장이 있던 청더를 이른다. 러허강을 접하고 있어 '열하'로 불렸다.

는 매매가 성립되지 못하기 때문이지요.

그래《춘추》의 의리에 그렇게 친절한 그들은 오랑캐 칭호가 붙은 집이라고 해서 그 집에서 살지 않으며, 또 오랑캐 칭호가 붙은 농토라고 해서 그 소출을 먹지 않는다는 말입니까?

그때 내가 외국 여행을 떠나면서 노정이라든지 묵고 지낸 것이라든지 날씨에 대하여 날짜와 시간을 기록해 놓지 않을 수 없었습니다. 그래서 맨 처음 압록강을 건너던 그날에 첫머리를 떼기를 '세 번째 되는 경자년[後三庚子]'이라고 하였습니다. 그러고 나서 다시 풀어 썼습니다.

"왜 후(後)란 말을 쓰느냐? 숭정 기원이 지난 뒤부터 따지는 것이다. 왜 세 번째라고 썼느냐? 숭정 이후 세 번째 돌아오는 육갑인 것이다. 왜 이렇게 알지 못하게 쓰느냐? 장차 압록강을 건너가겠기 때문이다."

그렇게 쓰고 나서 붓을 던지고 웃으면서 말했습니다.

"옛날에는 살가죽 속의《춘추》*가 있었다더니 이제 나는 겉껍데기 밖의《공양전》*을 쓰고 있구나!"

이렇게 말하는 자체가 벌써 구차스러운 가식이며 슬픈 일이로되, 단지 오늘 현재의 날씨를 기록하면서 춘 황정월*이라고 크게 쓰는 것은 옳지 않습니다. 때를 말할 때에 때때로 청나라 임금의 연호인 강희

---

* 겉으로는 아무 소리 없으면서 속으로 옳고 그름을 따지는 것을 이른다.
*《공양전》은《춘추》의 해설서. '겉껍데기 밖의《공양전》'이란 문체만《공양전》을 따라 할 뿐 속은 따라가지 못한다는 뜻이다.
*《춘추》의 원칙을 따르자면 정월을 '춘 황정월'로 써야 한다. 이는 청나라 황실을 기리는 것인데,《춘추》의 의리를 지키면서 청나라를 오랑캐로 여기는 것은 모순이 된다.

(1662~1722)나 건륭(1736~1795)으로 시대를 밝혔던 것인데, 이것을 역사 쓰는 규례*로써 책망하니 어안이 벙벙할 밖에 더 있습니까? 반드시 '되놈의 임금'이라거나 '오랑캐 황제'라고 떠들어야만 비로소 《춘추》의 의리에 철저하다는 말입니까?

만약에 열하가 오랑캐 땅이라고 해서 책 이름으로도 쓸 수 없다면 더욱이 잘못된 이야기입니다. 불행하게도 중국이 오랑캐에게 점령된 것은 이번이 처음도 아닙니다. 그러면 모두 오랑캐 땅으로 되었던 곳이라고 해서 그 지명을 쓰지 못한다는 말입니까? 순 임금은 동쪽 오랑캐에서 나온 사람이요, 문왕은 서쪽 오랑캐에서 나온 사람입니다. 지금 《춘추》의 의리를 찾는 사람들의 논리대로라면 장차 순 임금과 문왕을 위해서 그들의 출생지도 억지로 감추어야 하지 않습니까?

《춘추》란 애초부터 중국을 존중하고 오랑캐를 배척하는 글이지마는, 공자는 일찍이 오랑캐 땅에 가서 살고 싶다고 《논어》에서 말한 적도 있습니다. 지금 저들처럼 따져서야 자기가 배척하는 땅에 어떻게 자기도 가서 살고 싶다고 말할 수 있겠습니까? 《춘추》의 의리를 이런 방식으로 지켜 가다가는 오랑캐에 관한 일이라면 절대로 연구하지 말아야 할 것 아닙니까? 나를 죄 주거나 나를 알아주거나 간에 정당하게 판별하는 사람도 있을 것입니다.

나는 일찍부터 과거로 벼슬길에 나서지 않기로 하였기에 머릿속이

* 여기서는 '춘추필법'을 말한다. '춘추필법'은 《춘추》처럼 비판적이고 엄정하며 대의명분을 중시하는 역사 서술 방법이다.

한가로워 여기저기 돌아다니면서 마음대로 구경이나 하고 싶었습니다. 멀리는 목은을 사모하고 가까이는 노가재를 본떠서* 말 한 마리를 채찍 질해서 만 리 길을 떠났던 것입니다. 아무런 직책이 없다고는 하지만 역관도 아니요, 의원도 아닌 사람이 그래도 명색이 선비인지라 슬그머니 갔다가 슬그머니 온다고 해도 행색을 숨기기는 어려웠습니다. 애초부터 조심하고 경계하는 떳떳한 도리로 따져 볼 때 내심 스스로 부끄러워하지 않은 것도 아닙니다.

날마다 새벽에 말고삐를 걷어쥐면서 속으로 생각하였습니다.

'천하 명승을 구경하는 것이 무엇이 그리 장한 일인가? 유명한 고적이 있는 지방도 구경하지 않고 돌아온 사람이 있지 않았는가?'

그러나 조금 지나서는 시뻘건 아침 해가 요동 벌에 꽉 차고 우뚝 솟은 탑이 말머리에서 나를 맞아 주는데 수은 같은 연기가 나무에 자욱하고 햇빛이 쪼이는 기와집들이 구름 속에서 빛납니다. 그 가운데서 왼편으로 푸른 바다를 따르며 오른편으로 험준한 산을 끼고서는 가고 또 가노라면 눈앞에 항상 새로운 화폭이 펼쳐집니다.

그걸 보노라면 전날의 좀스러운 소견에 웃게 되고 당장 마음속이 한껏 시원해지는 것을 깨닫게 됩니다. 그러다가 드디어는 만리장성을 나가서 북으로 사막에까지 갔던 것입니다. 이것이 내가 열하까지 구경하

---

* 목은은 고려 말 문신 이색의 호. 이색은 중국에 가서 벼슬도 하고 중국에 사신으로 가기도 했다. 노가재는 조선 중기 문인 김창업의 호. 김창업은 중국에 사신으로 가는 아버지 김수항을 따라 중국을 구경하고 돌아와 기행문인 《노가재 연행록》을 썼다. 연암이 중국에 다녀와 《열하일기》를 쓴데는 김창업의 영향이 컸다.

고 돌아오게 된 까닭입니다.

귀국한 뒤에 시비하는 사람이 없지 않았을 뿐만 아니라 도리어 나를 부러워하는 사람들까지 있었습니다. 나중에 산속에 들어앉아 한가로울 때 전날 적어 놓았던 종이쪽지를 정리해서 몇 권의 책으로 만들었습니다. 이것이 《열하일기》가 세상에 나온 경로입니다.

내 딴에는 예리하고 세심하게 관찰한다고 한 것이 문자로 적어 놓고 보니 실상 그렇지도 못합니다. 그저 아홉 마리 소에게서 한낱의 털끝을 뽑아 온 것에 지나지 않을 뿐입니다. 그나마도 필치*가 변변치 못한 것이라 베개에 기대어 조용히 생각할 때 여정의 첫발을 내디디던 당시의 포부에 미치지 못합니다.

지난 일을 생각하면 이것이고 저것이고 다 허무하고 이따금 책장을 떠들어 보면 온갖 지저분하고 더러운 것이 다 나타납니다. 내가 보기에도 신선하지 않은데 다른 사람이야 누가 보기나 하겠습니까? 그동안 집 안에 우환이 잦고 초상도 나서 미처 책을 거두어들이지 못했으며 또 벼슬살이를 한 뒤로는 더욱더 흐트러져서 밉상스럽게도 책 이름만 남아 돌아다니고 있습니다.

이것이 저들이 말하는 이른바 오랑캐의 칭호를 썼다는 글입니다. 아득하니 이십 년이 지나는 동안에 정작 그 글을 쓴 내 자신은 마치 꿈속에 쓴 것 같건만, 헛소리를 전하기 좋아하는 사람들은 장터에 호랑이가

---

* 필치는 글씨나 글에 나타나는 운치나 개성.

나타났다고 하는 데 그치지 않고 호랑이에 두 날개까지 돋쳤다고 합니다. 이 어찌 과하지 않습니까?

그대는 나를 위해서 저 《춘추》의 의리를 떠들어 대는 자들에게 전해 주기 바랍니다. 왜 나를 좀 이렇게 책망해 주지 않느냐고 말입니다.

"자네가 그전에 돌아다니던 곳은 삼대 이래로 훌륭한 분들과 한, 당, 송, 명의 나라들이 다스리던 지방일세. 지금 비록 불행히 오랑캐에게 점령되었을망정 그 성벽, 그 집, 그 백성들은 모두 그대로요, 생활에 필요한 도구들도 여전히 변함없다네. 최씨, 노씨, 왕씨, 사씨의 씨족도 사라지지 않았고, 정주의 학설도 여전하다네.* 저 오랑캐들도 중국이 좋다는 것을 알기 때문에 강점하고 있는 것일세.

자네는 예부터 전해지는 중국 고유의 좋은 법과 아름다운 제도라든지 중국의 자랑이 될 만한 전통과 사실을 어째서 깡그리 알다가 모조리 책으로 만들어서 전국에서 이용하도록 하지 않았는가? 자네가 이런 방면에는 힘쓰지 않고 한갓 사신들 뒤꽁무니만 따라다니고만 것은 아닌가? 지금 《열하일기》에 쓰인 내용이란 것들이 모두 난잡하고 실제가 없는 말들뿐이니, 이런 허튼 사연을 가지고 어떻게 남들에게 큰 소리로 자랑할 수 있겠는가? 자기 수양에도 손해요, 인격도 결딴날 것일세."

이렇게 말한다면 듣는 나로서도 어찌 등에서 식은땀이 내솟고 말구

---

* 정주는 중국 송나라의 유학자 정호, 정이 형제와 주희를 이른다. 정주의 학설이 여전하다는 것은 성리학이 여전히 통용된다는 것을 뜻한다.

멍이 꽉 막혀 고개를 푹 파묻은 채 여생을 마치려고 하지 않겠습니까? 제후를 끌어다가 제후를 치는 거기에 《춘추》의 본뜻이 있습니다. 이제 갑자기 어떤 사람이 나서서 《춘추》를 끌어다가 남을 욕하려 하니 그것이 옳습니까? 나는 모르겠지만 《춘추》의 의리를 어떻게 말소리와 웃는 맵시로서야 할 수 있겠습니까?

도로 네 눈을 감아라

자기 본바탕으로 돌아가라는 것이야 어찌 문장만이겠습니까? 각양각색의 일이 다 그렇습니다.

서화담*이 길에 나갔다가 집을 잃고 길에서 우는 아이를 만나서 물었습니다.

"너 왜 우느냐?"

아이가 대답했습니다.

"제가 다섯 살 때부터 앞을 보지 못한 것이 지금 이십 년째입니다. 아침나절에 집을 나왔다가 갑자기 눈이 떠져서 천지 만물을 환하게 볼 수 있게 되었습니다. 좋아라고 집으로 돌아가려 하니, 골목은 여러 갈래요 대문도 저마다 비슷비슷해서 우리 집이 어딘지 통 알 수 없습니다. 그 때문에 웁니다."

선생이 말하였습니다.

---

* 서화담은 조선 중기의 유학자 서경덕(1489~1546). 화담은 그의 호.

"집을 잘 찾아가도록 내 네게 일러 주마. 도로 네 눈을 감아라. 그러면 집으로 곧 돌아갈 수 있을 것이다."

그러자, 아이는 전처럼 눈을 감고 지팡이를 뚜닥거리며 발길 가는 대로 이내 제집을 찾아갔답니다.

이것은 다름이 아니라 빛과 형체가 뒤죽박죽되고 슬픔과 기쁨이 혼란스럽게 작용하는 까닭입니다. 이것을 망상이라고 합니다. 지팡이를 뚜닥거리며 발길 가는 대로 걸어가는 것, 이것이 바로 우리가 분수를 지키는 이치요, 집으로 돌아가는 증거입니다.

개미와 코끼리

　우연히 내 못난 성질을 말씀드리다가 이 몸을 노루에 비유한 것은 사람을 대하면 놀라기를 잘한다는 의미지, 크다는 의미가 아닙니다. 그런데 그대는 편지에서 스스로를 말꼬리에 붙은 파리와 견주고 계시니 어쩌면 이렇게 작단 말입니까? 만약 그대가 작은 편을 찾는다면 파리도 오히려 크기만 합니다. 저 개미가 있지 않습니까?

　일찍이 약산에 올라 고을 안을 굽어보니 사람들이 달음질을 치는 듯, 뛰어가는 듯, 땅에 딱 붙어 꿈질거리는 것이 마치 개미집의 개미와 같더군요. 한번 휙 불기만 해도 다 날아갈 성싶었습니다.

　그러나 거꾸로 고을 사람더러 나를 바라보라고 한다면 산비탈을 더위잡고 바위를 돌고 풀 덩굴을 잡고 나무를 붙잡고 맨 꼭대기에까지 올라가서는 되지도 않게 거들먹거리는 모습이 머릿니가 머리털을 따라 기어오르는 것과 무엇이 다르겠습니까? 그런 사람이 이제 큰 소리로 제 몸을 노루에다가 비유한다고 하니 이 얼마나 어리석은 일인지요? 대가들의 웃음거리가 되는 것도 당연합니다.

　만약 형체가 크고 작은 것을 비교하고 보이는 바가 멀고 가까운 것을 따지기로 한다면 그대나 나나 다 함께 허망할 따름입니다. 노루가 과연 파리보다야 크다고 하겠지만 코끼리가 있지 않습니까? 또, 파리는 노루보다야 작다고 하겠지만 개미를 생각한다면 노루에 비하여 코끼리인 셈입니다.

이제 저 코끼리는 선 것이 집채 같고 다니는 것이 비바람이 치는 것 같습니다. 귀가 구름장을 드리운 것 같고 눈이 초승달 같고 발가락 사이에 낀 진흙 덩이가 붕긋한 둔덕 같습니다. 개미가 그 속에서 집을 짓고 있다가 진을 치고 나와서는 두 눈을 딱 부릅떠도 코끼리를 보지 못하는 것은 무슨 까닭입니까? 보이는 것이 너무 멀기 때문입니다. 코끼리가 한 눈을 지그시 감아도 개미를 보지 못하는 것은 무슨 까닭입니까? 보이는 것이 너무 가깝기 때문입니다.

만일 좀 더 큰 안목을 가진 사람이 있어서 그에게 다시 백 리쯤 멀리 떨어진 곳에서 바라보라고 한다면 아물아물하고 까물까물해서 아무것도 보이지 않을 것입니다. 어디서 노루니 파리니 개미니 코끼리니 하고 분간해 내겠습니까?

돼지 치는 이도 내 벗이라

내 평생의 사귐이 넓지 않은 것만도 아니어서 인격과 처지를 살펴서 그저 웬만하면 모두 벗으로 삼았습니다. 그러나 그런 벗들은 명예를 좇고 권세를 따르는 경향이 없지 않았으니, 그들의 눈에 보이는 것은 벗이 아니라 오직 명예와 잇속과 권세일 뿐이었습니다.

지금 나는 거친 풀숲 속에 숨어 살고 있으니 그야말로 머리를 깎지 않은 중이요, 아내를 둔 승려나 다름없습니다. 산이 높고 물이 깊은 이곳에서 명예 따위를 어디에 쓰겠습니까? 옛사람은 '움직이면 남의 입에 오르내리지만 명예도 함께 따라온다'고 말했지만 이 또한 헛된 소리에 가깝습니다. 겨우 한 치밖에 안 되는 명예를 얻을 때 한 자나 되는 흉하적*이 따라오기 때문입니다. 명예를 좋아하는 사람은 늙은 뒤에 비로소 그런 줄을 알게 될 것입니다.

나도 젊어서는 헛된 명예에 몸이 달아서 남의 글을 표절하여 더러 칭찬을 듣기도 하였지만, 그렇게 해서 쌓은 명예는 겨우 송곳 끝만큼도 안

---

* 흉하적은 남을 헐뜯어 말하는 것.

되고 흉허적은 산더미처럼 쌓이고 말았습니다.

한밤중에 가만히 생각해 보면, 명예란 것을 나 스스로 깎아 버리지 못해 한이거늘 어째서 다시 그 근처에 가까이 가려 하겠습니까? 그러니 명예를 따르는 벗은 이미 눈앞에서 사라진 지 오랩니다. 또 잇속이나 권세에도 뛰어들어 보았지만 모두들 남의 것을 빼앗아 제가 가져갈 궁리만 하였지 제 것을 덜어 남에게 줄 생각은 하지 않았습니다. 명예야 본디 값을 치르지 않는 공짜여서 쉽사리 서로 줄 수 있지만 실질적인 잇속이나 권세를 누가 선뜻 남에게 주려고 하겠습니까? 괜히 끼어들어서 한몫 보려 했다가는 앞으로 넘어지고 뒤로 자빠져서 결국 기름 그릇에 가까이 갔다가 옷만 버리는 셈이 되고 말 뿐입니다. 이 또한 잇속을 따지는 비루한 말이라고 할 수 있지만 사실이 그렇습니다.

게다가 내가 일찍이 형에게서 훈계를 들은 적도 있어서, 잇속과 권세의 두 길에서 비켜선 지가 벌써 십 년이나 됩니다. 내가 이제 명예와 잇속과 권세를 좇는 세 가지의 벗들을 모두 버린 다음에 비로소 눈을 크게 뜨고 찾아보지만 참된 벗은 한 사람도 없습니다.

만약 벗 사귀는 도리를 다하려고 하면 벗을 사귀기란 여간 어려운 일이 아닙니다. 그러나 그렇다고 해서 어찌 한 사람의 벗도 없을 수야 있겠습니까? 무슨 일에서나 바른길로 이끌어 준다면 비록 돼지 치는 종도 내 어진 벗이요, 의리로써 충고해 준다면 나무하는 머슴도 내 좋은 벗일 것입니다. 이렇게 생각하면 이 세상에서 내 벗은 하나쯤 있기 마련입니다. 그러나 돼지 치는 종은 옛글을 토론하는 마당에 참여하기 어렵고 나무하는 머슴은 인사하고 예의범절을 차리는 자리에 나올 수 없으니 옛날과 지금을 견주어 볼 때 어찌 울적한 마음이 들지 않겠습니까?

이렇게 산속으로 들어온 뒤로는 그런 생각조차 끊어 버렸습니다. 그러나 사마휘가 조밥을 빨리 지으라고 재촉하고* 장저와 걸닉이 나란히 서서 밭갈이하던 일*을 생각하면, 그들의 참다운 즐거움이 눈에 뵈듯 선해서 산에 오르거나 물가에 나설 때 나 홀로 그 모습을 그려 보지 않은 적이 없습니다.

벗의 일에 대해서는 형이 각별히 여기는 줄 압니다만, 중국에서 사귄 구봉*을 비롯한 많은 사람들이 하늘 저 끝에서 이 끝으로 편지를 부쳐 보내는 것은 천고의 기이한 일입니다. 그러나 이 세상에서 그들을 다시 만날 수 없으니 꿈속이나 다를 바 없어 실질적인 재미는 적을 것입니다. 혹시 우리나라 안에서 그런 벗을 찾는다면 서로 숨기거나 이야기하지 못할 것이 없으며 천 리를 멀다 하지 않고 서로 찾아다닐 것입니다. 형은 이런 벗을 만나 본 적이 있는지 모르겠습니다. 아니, 어쩌면 마음속으로 그만 단념해 버리시지는 않으셨는지요?

지난날 함께 한 자리에서 이런 것까지는 이야기 나누지 못했습니다. 지금 울적한 생각이 떠올라 이렇게 여쭙니다.

* 사마휘는 중국 후한 때 사람. 방덕공과 친했는데, 그가 집에 없을 때 그의 아내에게 밥상을 차리라고 재촉할 정도로 격의 없는 사이였다고 한다.
* 장저와 걸닉은 중국 춘추시대의 은자. 길을 가던 공자가 밭을 갈던 장저와 걸닉에게 길을 묻자 그가 세상을 바꾸려 한다며 비웃었다고 한다.
* 구봉은 엄과의 호. 엄과는 홍대용이 중국에 가서 사귄 벗 엄성(201쪽 참조)의 형이다. 홍대용이 귀국한 뒤 엄과와 편지를 주고받으며 벗이 되었다.

나의 벗 홍대용

　덕보(홍대용의 자)가 죽은 지 사흘이 지나서 아는 사람 하나가 사신 행차를 따라서 중국으로 가는데 길이 삼하*를 지나가게 된다. 삼하에는 덕보의 친구 한 분이 있으니 이름이 손유의요, 별호는 용주다. 몇 해 전 북경서 돌아오는 길에 용주를 찾았다가 만나지 못하여 덕보가 남쪽 땅에서 원 노릇을 한다는 소식을 편지로 남겨 전하고 또 우리나라 토산물 몇 가지를 두고 왔다. 용주가 그 편지를 보았다면 내가 덕보 친구라는 것을 반드시 알았을 것이다. 그래서 중국 가는 사람에게 부탁해서 소식을 전했다.

　"1783년 모월 모일에 조선 박지원은 용주 선생에게 말씀을 드립니다. 우리나라 전 영천 군수 남양 홍담헌 이름은 대용이요, 자는 덕보인 분이 올해 10월 23일 유시(오후 여섯 시쯤)에 세상을 떠났습니다. 평소에는 병이 없었는데 갑자기 풍증이 일어서 입이 삐뚤어지고 말을 못하더니 얼마 지나지 못해서 이 지경에 이르렀으니, 그의 나이 쉰셋입

---

* 삼하는 중국 허베이성 삼하현의 고을로 베이징으로 이어지는 길목.

니다.

그의 아들 원이 설움과 슬픔으로 제 손으로 편지를 쓰지 못하며, 또 양자강(양쯔강) 이남은 소식을 전할 길이 없습니다. 선생이 절강까지 대신 소식을 전해서 온 세상 친구들이 그가 죽은 날짜나마 알게 하신다면 이 세상과 저세상에서 다 함께 한이 없을 줄 압니다."

중국으로 가는 사람을 보낸 다음, 나는 항주 사람의 글씨, 그림, 편지, 시문 등 모두 열 권을 찾아내어 관 앞에 벌여 놓고는 관을 만지며 울부짖었다.

"아아! 덕보는 통달하고 민첩하고 겸손하고 조촐하며 보는 눈이 깊고 아는 바가 정밀하였다. 특히 천문학과 수학에 밝아서 연구를 쌓고 고심을 거듭한 결과 자기의 온전한 처음 생각으로 많은 관측기구를 만들었다. 처음 서양 사람들은 땅이 둥글다고만 말하고 돈다고까지는 말하지 못하였는데, 덕보는 오래전부터 땅이 한 번 돌아서 하루가 된다고 설명하였다. 그 학설이 미묘하고 심오해서 미처 책으로 쓰지는 못하였으나 나이가 들어서는 땅이 돈다는 것을 더욱 믿어 의심치 않았다.

세상에서 덕보를 존경하는 사람들도 그가 일찍부터 과거를 보지 않고 명예나 이욕과 담을 쌓으며, 조용히 들어앉아 좋은 향이나 피우고 거문고와 가야금이나 타며, 혼자서 담박하게 살아서 세상 밖에 서려는 것으로만 볼 뿐이었다. 그가 아무런 일이든지 맡고 나서서 어지러운 것을 정리하고, 그릇된 것을 교정할 수 있으며, 나라 재정을 관리할 만하고, 먼 나라로 사신도 갈 만하며, 사람들을 통솔하는 데 특별한 재주가 있는 것은 누구도 잘 알지 못하였다. 그는 특히 남에게 드러내 놓기를 좋아하지 않아서 두어 고을의 원을 지내던 때는 그저 서류를 잘 정돈하고 모드 일을 하나하나 미리 준비해서 아전들이 순종하고 백성들이 따르게 하였을 뿐이었다.

일찍이 숙부가 서장관*으로 가는 길을 따라서 북경에 갔다가 유리창*에서 육비, 엄성, 반정균을 만났다. 이 세 사람은 모두 전당에 살았는데 문장과 예술로 이름난 선비들이다. 그 밖에 그가 사귄 이들이 모두 중국의 명사들이었지만 다 함께 덕보를 큰 학자로 떠받들었다. 이들이 붓으로 나눈 수많은 이야기 가운데는 경서의 뜻과, 하늘과 사람에 관한 이치와, 옛날과 지금의 벼슬하러 나가고 안 나가는 큰 원칙을 분석하고 토론한 것들이 있는데, 무척이나 해박하고 뛰어나 즐겁기 이를 데 없었다. 드디어 작별할 때는 서로 바라보고 눈물을 흘리면서 한번 떠나면 살아서 다시 보지는 못할 것이나 지하에서 만나더라도 부끄러운 일이 없도록 하자고 맹세하였다.

그중에서도 엄성과는 더욱 뜻이 맞아서 은근히 군자는 때에 따라 벼슬을 하기도 하고 않기도 한다고 암시하였더니, 엄성이 곧 크게 깨닫고 남방으로 돌아갔다가 몇 해 뒤 복건 지방에서 객사하였다. 반정

* 서장관은 사신 행렬 가운데 기록을 맡아보던 임시 벼슬.
* 유리창은 중국 베이징의 한 거리. 조공과 무역으로 온 사신과 상인이 모여들었다. 서적, 문방구, 골동품 들의 집산지. 홍대용이 사행단을 따라갔다가 유리창에서 과거를 보러 온 중국 지식인 엄성 등과 친분을 맺고 교류한 일은 조선 후기 지식인 사회에 큰 영향을 끼쳤다.

균이 편지로 엄성의 죽음을 덕보에게 기별했고, 덕보는 추도문을 짓고 향을 마련하여 손용주에게 부탁해서 전당으로 보냈다.

바로 그날 저녁은 엄성의 대상 제삿날이었다. 서호 주위의 각 고을에서 대상에 왔던 많은 손님들이 모두 혼령을 감동시켰다고 말하면서 경탄하였다. 대상을 지낼 때에는 엄성의 형 엄과가 향을 피우고 그 추도문을 읽으면서 첫 술잔을 부었다.

그 뒤 엄성의 아들 엄앙이 편지로 덕보를 큰아버지라고 부르면서 자기 아버지 문집인 《철교유집》을 보냈는데 아홉 해 만에야 겨우 받아 보았다. 그 문집 가운데는 엄성이 그린 덕보의 작은 초상이 있었다. 엄성은 복건에서 병이 위독한 때에도 덕보가 준 조선 먹을 꺼내서 향을 맡아 보다가 가슴에 놓고서 운명하였다. 그래서 그 먹을 관 속에 넣어 주었다.

절강 일대에서는 이 이야기가 신기한 소문으로 널리 퍼졌고, 사람들은 이 이야기를 제목으로 삼아서 시와 산문을 다투어 지었다. 주문조란 사람이 편지로 이런 사정을 알려왔다.

아아! 그가 살아 있을 때의 기이한 사적은 이미 저 먼 옛날의 이야기가 되어 버렸다. 진정 어린 벗들이라면 더욱더 그 사적을 전파할 것이니, 비단 양자강 남쪽에만 덕보의 이름이 퍼질 것이 아니다. 굳이 내가 그의 무덤에 묘지*를 쓰지 않더라도 덕보의 이름은 길이 전

---

* 묘지는 죽은 사람의 이름, 신분, 행적 따위를 기록한 글.

해질 것이다."

덕보의 아버님은 휘*가 역이니 목사 벼슬을 지냈고, 할아버님은 용조니 대사간 벼슬을 지냈고, 증조할아버님은 숙이니 참판 벼슬을 지냈다. 어머님은 청풍 김씨로 군수 벼슬을 지낸 방의 딸이다.

덕보는 영조 신해년(1731)에 났으며, 조상의 그늘 아래서 맨 처음 선공감 감역을 얻어 하였고, 곧 돈녕부 참봉, 세손 익위사 시직 등으로 옮겼다. 사헌부 감찰로 올랐고, 종친부 전부로 옮겨 갔고, 태인 현감으로 나가더니, 나중에는 영천 군수에까지 올랐다. 이윽고 어머님이 늙으신 것을 핑계 삼아 벼슬을 버리고 돌아왔다.

한산을 본으로 쓰는 이홍중의 딸과 결혼하여 아들 하나, 딸 셋을 낳았으니 사위는 조우철, 민치겸, 유춘주다. 12월 8일 청주 땅에다가 장사 지냈다.

* 휘는 죽은 어른의 생전 이름

우리 고전 깊이 읽기

- 연암 박지원의 삶
- 연암의 시대, 그리고 우리 시대의 연암 사상
- 《연암 산문집》에 관하여

연암 박지원의 삶

박지원은 1737년 서울 서소문 밖 야동에서 박사유와 함평 이씨 사이에서 태어났다. 열여섯에 혼인하고 장인 이보천과 처삼촌 이양천에게 학문과 문장을 배웠다.

젊은 날 우울증으로 고생했는데, 우울증을 고쳐 보려고 사람들을 만나 재미난 이야기를 듣곤 했다. 이 경험은 나중에 떠돌이 거지, 몰락한 무반, 똥 푸는 사람처럼 낮은 데서 살아가는 사람들 이야기를 쓰는 데 밑거름이 되었다. '양반전', '예덕 선생전' 들이 그것이다.

박지원은 명문가 출신에다 문장도 뛰어나 이름이 높았으나, 세상에서 벗어나려는 뜻을 품은지라 과거를 보지 않았다. 박지원은 벗을 스승 삼고, 제자도 벗 삼아 지냈다. 홍대용, 정철조, 이서구, 이덕무, 박제가, 유득공 같은 이들과 어울려 천하의 이치를 논하고, 백성들 살림살이를 걱정했다. 이들을 이용후생 학파라고 하는데, 사물을 이롭게 써서 백성들의 생활을 넉넉하게 하는 데 힘써야 한다는 뜻이다. 그러기 위해서는 수학이며 과학을 소홀히 하지 말아야 하며, 나라를 다스리고 백성을 건질 방안을 연구해야 한다고 믿었다. 또 청나라를 오랑캐라고 무시할 게 아니라, 우리에게 이로운 것이라면 오랑캐한테

라도 배워야 한다고 주장했다. 그래서 북학파라고도 한다.

1780년(정조 4), 박지원은 나이 마흔넷에 드디어 청나라를 여행할 기회를 얻는다. 팔촌 형이자 영조 임금의 사위인 박명원이 청나라 건륭 황제의 칠순 축하 사절로 가는 데 따라간 것이다. 연암은 넉 달에 걸쳐 청나라의 문물을 꼼꼼하게 살피고 돌아와 3년 동안 《열하일기》를 썼는데, 절반도 쓰기 전에 사람들이 돌려가며 베껴 금세 이리저리 퍼졌다.

쉰이 넘어 정조의 명령으로 고을 수령이 되어 처음 벼슬살이를 했다. 흉년이 들면 녹봉을 털어 백성들을 먹이고, 틈만 나면 굶주린 백성을 구하는 길에 관해 공부하고 의논했다.

박지원의 5대조 할아버지 박미는 선조 임금의 사위였는데, 임금님 딸이 시집와 보니 쌀독이 바닥나고 돈 주머니가 텅 비어 손수 길쌈을 할 만큼 가난했다. 연암은 이런 가풍을 자랑스러워하며, 자식들에게도 벗지 않고 굶지 않으면 됐지 부귀와 편안함을 바라서는 안 된다고 당부했다. 오죽하면 정조 임금이 이렇게 감탄했다고 한다.

"연암이 평생 작은 집 한 칸도 없이 가난하게 살다가 늘그막에 고을 수령으로 나갔으니, 땅이며 집이며 사 대느라 급할 줄 알았다. 그런데 정자를 짓고 연못을 파서 벗들을 부르고 잇다니 선비의 행실이 이렇듯 속되지 않기도 참 어려운 일이구나."

평생 명예와 잇속에 얽매이지 않고 자유롭게 살았으며 기운 펄펄한 문장으로 살아 있는 글쓰기를 실천하고, 거지며 농사꾼이며 서자들 같은, 낮은 데서 살아가는 사람들에게 따뜻한 눈길을 주었으며, 나라와 백성을 살리기 위한 방도를 연구하는 데 골몰한 큰 인물 박지원은 1805년 일흔 살을 한 해 앞두고 세상을 떠났다.

연암 박지원은 시와 문장을 짓는 재능이 탁월하여 예나 지금이나 이런 사람이 없다. 때때로 시를 써서 멀리 눈앞에 펼쳐진 산수를 그윽하게 그려낼 때면 뛰어난 화가와 같은 붓놀림을 보이기도 한다. 마음이 내키면 해서와 행서를 한 번씩 썼는데 글씨가 아주 뛰어나 그 기묘한 모양을 말로 다 표현할 수 없었다.

-이덕무, '연암 박지원'《청비록》에서

연암의 시대, 그리고 우리 시대의 연암 사상

연암 박지원이 살던 시대에는, 중앙 관리들이 청을 중심으로 움직이는 국제 정세에 적응하지 못하고 대의와 명분을 내세우며 당쟁에 몰두했고, 지방 관리들의 부정부패가 매우 심했다. 양반들이 백성들의 삶을 외면하면서 백성들에게는 더할 수 없이 가난한 세월이 계속되었다.

경제를 보면, 농업 중심 경제에서 상공업 중심 경제로 옮겨 가던 때였다. 농업 기술이 발전하는 한편으로 도시가 성장하면서 시장이 활성화되고 화폐 경제가 발달했다. 그 결과 상공업에 종사하여 부유해진 서민들이 나타났고, 이들의 사회적 지위가 높아졌다. 사회를 보면, 사농공상(선비, 농부, 공장, 상인)으로 엄격했던 조선의 신분제가 흔들리기 시작했다. 권력에서 소외되고 토지 같은 경제 기반이 없는 몰락한 양반들이 신분을 돈으로 사고파는 일이 많았다.

이런 변화의 물결 속에서, 심성 수련과 도덕 실천을 강조하는 성리학적 가치관은 점점 더 현실과 멀어져 갔다. 그리고 연암을 비롯한 새로운 지식인들은, 실제 필요한 학문을 해 일상생활에 이롭게 쓰고 백성의 삶을 넉넉하게 만들자는 '이용후생' 정신을 실천하자고 주장하기 시작했다.

뿌리 깊은 새로움

연암 박지원은 옛것에 잠들지 않고 늘 변화를 추구했다. 연암의 사상이 그 랬고 연암이 쓴 글도 그랬다.

18세기 조선 양반들은 글을 쓸 때, 산문은 반드시 중국 한나라의 것을 모범 으로 삼고 시는 반드시 당나라의 것을 본받아야 한다고 생각했다. 이것을 고 문을 따른다고 했는데, 당시 사대부들에게 고문의 문체는 단순한 글쓰기 규 범을 넘어 사고의 틀이기도 했다.

그러나 연암은 세상의 변화와 오늘의 정서를 담아 내지 못하는 낡은 문체 를 과감히 버리고 사실적이면서도 생동감이 넘치는 자기만의 문체로 글을 썼 다. 그리고 '연암체'라 불리는 그만의 문체로《열하일기》를 써서 청의 문물을 세밀하면서도 흥미롭게 담아 냈다. 이 때문에《열하일기》가 정조의 문체반정 에 빌미를 주기도 했다.

변화는 자연의 섭리다. 해와 달이 아무리 오래되었다고 해도 그 빛은 날마 다 새로운 것처럼(130쪽, '옛것을 배우랴 새것을 만들랴) 연암에게 삶은 변화의 연속이었다.

그렇다면 날마다 새로워지는 세상을 어떻게 살아가야 할 것인가? 연암은, 옛글을 따르더라도 오늘에 맞게 바꿀 줄 모르고 무작정 모방하는 사람을 병 들었다고 했다. 또 새 글을 쓰더라도 옛글에 뿌리를 두지 않으면 허황된 글이 된다고도 했다.(128쪽, '옛것을 배우랴 새것을 만들랴) 이 '법고창신(옛것을 본받 아 새것을 창조한다)'의 정신은 단순한 글쓰기 규범이 아니다. 격변하는 시대를 살아간 연암이 선택한 삶의 가치관으로 강력한 변화의 의지가 담긴 생각이자 현실의 이치와 도리를 중시하는 사고다.

당시 조선은 겉으로 청에 사대의 예를 지키면서도 안으로는 명에 대한 의리를 내세우면서 청을 오랑캐로 규정했다. 그리고 청나라의 발달된 문명을 받아들여 나라를 발전시키려 하기는커녕 현실성 없는 북벌을 주장했다. 그러나 연암은 현실에 기반하지 않은 북벌을 허상이라고 생각했다. 그는 명나라에 대한 의리를 지키겠다면서도 나라를 부강하게 할 방책을 세우지 않는 사대부들을 이렇게 꾸짖었다.

그래! 이른바 사대부라는 게 대체 무엇인가? 오랑캐 땅에 태어나서 스스로 사대부라며 으스대는 꼴이라니 이 얼마나 어리석은 일인가? 바지와 저고리를 온통 흰색으로 차려입으니 이것이야말로 상복이 아닌가? 머리는 또 어떠한가? 이리저리 쥐어 묶어 삐쭉하게 쪼았으니 이거야말로 남방 오랑캐의 북상투가 아닌가? 도대체 무엇이 예법이란 말인가? 번오기는 사사로운 원수를 갚기 위하여 자기 머리를 아끼지 않았고, 무령왕은 자기 나라를 강하게 하기 위하여 오랑캐 옷 입기를 부끄러워하지 않았거늘, 지금 명나라를 위하여 복수를 한다고 하면서 고작 그 머리칼 한 오리마저 아끼겠단 말인가? 장차 전장에 나가 말을 달리고 칼을 내두르고 창을 쓰고 돌을 날릴 궁리를 한다면서 그놈의 넓은 소매를 그대로 두는 것이 너희들이 말하는 이른바 예법이란 말인가?

(25쪽, '허생전')

연암은 현실성 없는 명분에서 벗어나 실제 생활의 발전을 이루어야 한다고 생각했다. 그러려면 경전을 중심으로 하는 해묵은 학문에서 벗어나 삶을 윤택하게 하는 새로운 학문을 해야 했다. 홍대용, 이덕무, 박제가와 함께 수학, 과학 같은 여러 분야에 관심을 가지고 청나라의 발달된 문물을 배우려 했고, 그래서 '북학파 실학자'라는 이름으로 불리게 되었다.

자기로부터 벗어나야

연암은 자신을 성찰하고 상대를 존중하면서 자기만의 시각으로부터 벗어나려 했다. 인간에게 가장 두려운 것은 다름 아닌 자기 자신이라며, 젖먹이 같은 순수함을 잃는 순간 오랑캐가 되어 버린다고 민 노인의 입을 빌려 말했다.('민 노인전') 자신을 한시도 놓치지 않고 경계해야 할 대상으로 삼은 것이다. 그러면서 물속에 있는 물고기는 물을 보지 못하고 책방 속에서는 책이 보이지 않는다며(168쪽, '나를 비워 남을 들이네') 대상과 일정한 거리를 두어야 한다고 했다.

또한 바깥 사물 말고도 자기 자신과 거리를 두어야 하고, 자기와 거리를 둔다는 것은 자기만의 편협한 생각에서 벗어나 상대의 생각을 받아들이는 역지사지의 태도를 지니는 것이라고 말했다. 전체를 보는 눈으로 상황을 통찰한다는 것을 뜻한다.

자기가 코를 곤다는 사실을 받아들이지 못하는 사람이나 자기에게 들리는 소리를 남들이 듣지 못한다고 안타까워하는 사람(133쪽, '글은 뜻을 나타내면 그만이다'), 말 탄 사람을 오른편에서 보고 짚신을 신었다고 하거나 왼편에서 보고 갖신을 신었다고 하는 사람(137쪽, '말똥구리의 말똥 덩이') 들은 모두 자기의 편협한 생각에 빠져 상황을 통찰하지 못하는 사람들이다.

연암은 무엇이 낫고 못하다거나 이것인지 저것인지 섣불리 판단하기보다 상황에 따라 서로의 인식이 다를 수 있다는 사실을 받아들이고 깊이 있게 생각을 거듭하여 진실에 다가서는 것이 중요하다고 말한다.

소외된 백성들에 눈을 주고

연암은 양반이다. 그러나 권력을 가진 주류 양반이 아니라 권력에서 멀어진 양반이었다. 할아버지 박필균은 노론을 대표하는 사람으로 높은 벼슬에 올랐으나 청렴했고, 아버지 박사유는 평생 벼슬길에 나아가지 않았다. 이렇듯 청렴하고 가난한 양반 집안에서 태어난 연암은 백성의 삶에 아랑곳하지 않은 채 당쟁에 목숨을 거는 양반들을 비판하는 눈으로 바라보게 되었으며, 과거를 보아 높은 벼슬에 오르려 나서지 않았다.

자기를 바른 길로 이끌어 준다면 돼지 치는 종도 나무하는 머슴도 벗 삼을 수 있다면서(197쪽, '돼지 치는 이도 내 벗이라') 신분을 따지지 않고 이덕무, 박제가, 유득공 같은 서얼 출신들과 사귀었고, 양반의 특권인 명예, 잇속, 권세들에 눈을 주기보다 도탄에 빠진 백성들의 삶에 관심을 주었다. 뒤늦은 벼슬살이를 하면서도 사나워진 민심을 다독이고 도적들을 없앴으며 아전들의 잘못을 바로잡았고 녹봉을 털어 가뭄에 굶주린 백성을 돕는 것을 기쁨으로 알았다. 그러는 동안에 농기구를 제작하여 시험해 보거나 벽돌을 구워 담을 쌓으며 청에서 배운 것들을 실천하여 백성의 풍요로운 삶을 위해 애썼다.

소외된 백성을 위하는 그의 마음은 글에서도 찾을 수 있다. '열녀함양박씨전'의 과부와 박 씨는 수절이라는 잘못된 관습에 희생을 강요받는 여성들이다. '말 거간전'의 송욱, 조탑타, 장덕홍은 부조리한 세상을 등지고 떠돌며 살아가는 사람들이고, '예덕 선생전'의 엄 행수는 마을의 똥거름을 지는 하층민이며, '광문자전'의 광문 또한 거지로 가장 낮은 신분을 가진 인물이다. '민 노인전'의 민 노인은 한때 첨사 벼슬에 올랐으나 물러나 벼슬하지 않고 사는 사람이다. '김 신선전'의 홍기는 기이한 행적으로 세상과 거리를 두고 사는 인물인데, 그와 가까이 지내는 인물들 또한 권세와 거리를 두고 술과 노래, 바둑, 화초, 기이한 책, 옛날 칼 들에 마음을 쏟으며 살아가는 인물들이다. '우상전'의 우상 이언진은 중인으로 능력을 인정받지 못하고 차별받았다.

이처럼 연암은 작품 속에서 열악한 환경에서도 자기 스스로 주체가 되어 삶을 일구어 내거나 사회의 명분이나 질서에 구속받지 않고 자유롭게 살아가는 인물의 모습을 그려냈다. 그리고 소외된 사람들을 인정하고 따뜻한 눈으로 바라보았다.

조선은 엄격한 신분제의 나라였다. 어떤 부모에게서 태어났는지에 따라 차별받는 것을 당연하다고 여겼고 그 신분은 대대로 세습되었다. 남자는 높고 여자는 낮다는 남존여비 사상이 여성의 삶을 옥죄었고, 권력을 가진 양반 남성들만이 부귀영화를 누렸다. 상민들은 이들을 위해 희생을 감내하며 살아야 했다.

이런 사회에서 권세를 틀어쥔 양반은 아니었다 하더라도 특권을 누릴 수 있는 양반으로서 소외된 백성들의 삶에 관심을 주고 그들이 더 나은 삶을 살 수 있도록 노력한 것은, 사람을 신분으로 차별하지 않고 모두를 존엄한 인격체로 대하려고 했기 때문이었다.

연암이 내놓은 답, 공존과 존중

연암은 인간이 자연에 존재하는 수많은 생명 가운데 한 종류에 지나지 않는다고 생각했다. 자연을 지배하거나 이용해야 하는 것이라 생각하지 않았으며, 인간을 만물의 영장으로 여기지 않았다.

무릇 제 것 아닌 물건을 가져가는 놈을 도적놈이라 하고, 남의 생명을 빼앗고 물건을 해치는 놈을 화적놈이라 하느니라. 네놈들은 도무지 부끄러운 줄도 모른 채 팔뚝을 뽐내고 눈을 부라리고 위협하면서 백성들 것을 잡아채고 훔치기에 밤낮없이 분주하더구나. 심한 놈은 돈을 형님으로까지 모시고 장수가 되기 위해 제 아내조차 서슴없이 죽인다. 이래서야 어찌 너희가 삼강오륜을 입에 올릴 수 있겠느냐? 어디 이뿐인가. 메뚜기에게서 밥을 가로채고, 누에에게서 옷을 빼앗고, 벌떼를 쫓고는 그 꿀을 도적질하고, 심지어 개미 새끼로 젓을 담아 제 할아비 제사를 지내는 놈까지 있다. 그야말로 잔인하고 악착스럽기로는 네놈들을 따라갈 것이 또 어디 있단 말인가.

네가 세상 이치를 펴 늘어놓을 때는 걸핏하면 하늘이 어쩌니 저쩌니 하지마는 참말

하늘이 마련한 대로 본다면 범이나 사람이나 별반 다를 바 없는 천지만물 중 하나일 뿐이다. 그러니 천지만물이 살아나가는 어진 도리에서 본다면 범이나 메뚜기나 누에나 벌이나 개미나 모두 다 사람과 함께 같이 살기 마련이지, 서로 등지고 지낼 터수가 아니렷다. (38쪽, '범의 꾸중')

범은, 하늘의 뜻으로 보자면 범과 사람이 별반 다를 바 없고 천지만물은 다 함께 살아가야 하지만 인간의 이기적인 욕망이 인간 윤리를 훼손할 뿐 아니라 뭇 생명들의 목숨을 앗아 가고 있다고 말한다. 이는 인간이 자연의 일부로서 자연과 공존하며 살아야 한다는 연암의 가치관을 잘 보여 준다. 연암은 그 공존의 해법으로 상호 존중의 태도를 제시한다.

말똥구리는 동그란 제 말똥 덩이를 대견히 여겨 용 구슬을 부러워하지 않고, 용 또한 자기의 구슬을 가졌다고 저 말똥구리의 말똥 덩이를 비웃지 않는다. (137쪽, '말똥구리의 말똥 덩이')

언뜻 보면 용의 구슬은 귀하고 말똥 덩이는 하찮게 보인다. 그러나 말똥구리에게 용의 구슬은 아무 쓸모가 없다. 용에게 말똥 덩이 또한 그러하다. 말똥구리에게는 말똥 덩이가 필요하고 용에게는 용의 구슬이 필요할 뿐이다. 말똥구리와 용 모두 서로의 것을 부러워하거나 차별하지 않는다. 저마다 서로 다른 삶의 방식을 존중하기 때문이다.

지금이 바로 연암의 글을 읽어야 할 때

이제 하나의 가치관이 시대를 이끌어 갈 수 없다. 교통과 통신이 엄청난 속도로 발달하고 인종과 문화의 교류가 활발하여 지구촌의 많은 지역이 다문화 사회를 이루어 살고 있다. 삶의 방식은 다양해졌고 변화의 속도는 점점 빨라진다. 우리는 가까운 미래조차 쉽게 예측하기 어려워졌다.

이런 세상 속에서 우리는 제대로 살아가기 어렵고, 앞으로 닥칠 일들을 감당하지 못할까 봐 두렵다. 인종 차별은 사라지지 않았고 민족 간의 분쟁은 전쟁으로 치닫고 있다. 인간에 의한 환경 파괴와 기후 위기의 피해는 다시 인간을 향해 돌아오고 있다.

연암의 글은 우리에게 그 해법을 보여 준다. 고정된 가치와 관념에 머물지 않고 자기만의 생각에 빠져 판단과 행동에 오류를 범해서는 안 된다. 늘 변화하는 현실에 발을 두고 열린 자세로 다른 생각과 가치를 인정하면서 타인과 함께 성장해야 한다. 그리고 자연과 더불어 살아가야 한다. 내 삶이 소중하듯 다른 삶도 소중하다. 삶은 어떤 틀에 자신을 맞추는 것이 아니라 저마다 지닌 무한한 가능성을 실현해 가는 과정이다. 자신이 자기 삶의 주체로 서야 한다.

《연암 산문집》에 관하여

연암 박지원의 문집은 그가 살아 있을 때 간행되지 못하고 손으로 베껴 적은 것들이 전해졌다. 그러다가 그가 죽은 뒤 창강 김택영(1850~1927)이 비로소 활자로 간행하게 되었다.

김택영은 1900년에 연암의 시 33수와 산문 117수를 묶어 《연암집》을 간행했고, 이듬해에는 《열하일기》에 수록된 글 중 8편과 시문 11수를 가려 뽑아 《연암속집》을 엮어 냈다. 그 뒤 중국으로 건너간 김택영은 1914년에 앞서 간행한 《연암집》과 《연암속집》을 묶어 《중편연암집》을 냈다.

그 뒤 1932년에 박영철이 《연암집》을 다시 간행했다. 박영철은 김택영과 달리 박지원의 글을 가려 뽑지 않고, 박지원의 아들 박종간이 편집한 57권 18책의 필사본에다가 《열하일기》와 《과농소초》를 더해 모두 321편의 작품을 묶어 냈다.

이 책은 《연암집》에서 90여 편을 뽑아 엮은 《나는 껄껄 선생이라오》에서 난해한 시와 산문을 제외하고 비교적 연암의 사상을 이해하기 수월한 산문들만 가려 뽑고 문장을 다듬어 다시 쓴 것이다. 1부에는 소설 10편에 머리말을 실었다. 2부에는 주로 문집의 앞뒤에 붙은 비평적인 글들을 실었다. 3부에는 편지글과 묘지명을 실었다.

여기에 연암의 글들을 이해하는 데 도움이 되도록 짧은 해설글을 덧붙인다. 1부 글 전부와 2부와 3부 글들 가운데 좀 더 어려운 글들을 뽑아 보았다.

1부 양반이 한 푼도 못 되는구려

허생전

변 씨에게 빌린 돈 만 냥으로 나라 경제를 들었다 났다 하는 허생의 모습은 그의 사업 수완을 말해 주기도 하지만 그보다는 조선의 경제가 얼마나 부실했는지를 보여 준다. 그 속에는 도탄에 빠져 도적이 되어 버린 백성들의 슬픈 모습도 있다. 허생은 그것을 글 배운 사람들의 잘못이라고 보았다.

허생이 나라의 인재를 찾는 이완과 나누는 대화에서는, 기득권과 명분, 관습에 사로잡혀 세상의 변화에 대응하지 못하는 무능한 지배 권력의 모습과 명분보다 실질을 중시하는 연암의 생각을 볼 수 있다.

그런가 하면 허생의 아내는, 가족의 생계를 위해 일할 생각은 하지 않고 자기 공부에만 몰두하는 허생에게 화를 내며 다그치고 있다. 허생 아내의 모습에서 조선 후기에 달라져 가는 여성의 모습도 볼 수 있다.

범의 꾸중

모두에게 존경 받는 선비 북곽 선생과 수절 과부 동리자의 표리부동한 모습은 남에게 보이는 겉모습, 형식과 겉치레에 매달렸던 조선 사회에 대한 비판이다. 북곽 선생이 범에게 목숨을 구걸하는 비굴한 모습은 일신의 안위를 위해 아첨을 두려워하지 않았던 지배층을 풍자한 것이다. 도덕과 윤리를 입에 달고 다니면서도 힘없는 백성을 알뜰히 수탈하는 이중인격, 지식과 학문을 이기적 욕망 실현의 수단으로 악용하는 행태, 자연의 이치와 조화의 본질을 모르고 유식한 척하는 선비들의 지적 허영 같은 지배층의 민낯을 매섭게 비판한다.

그 밖에 백성의 생명을 함부로 다루는 엉터리 의원과 거짓으로 백성을 속여 고통을 주는 무당에 관한 이야기는 조선 후기 백성들의 삶이 어떠했을지를 짐작하게 한다.

열녀함양박씨전

과부의 수절을 덕으로 삼아 칭송했는데 급기야 수절이 관습으로 굳어져 남편을 잃은 여성들의 생명을 앗아 가기까지 했던 가부장 사회 조선은 그런 면에서 어두운 사회였다. 사람이 사람답게 살아가라고 만든 것이 도덕과 윤리일 텐데 오히려 그것이 여성의 희생을 강요하고 심지어 목숨마저 잃게 만들었으니 조선은 주객과 본말이 전도된 슬픈 세상이었다. 생명보다 귀한 관습이 어디에 있을까? 이 글은 우리에게 관습과 인권의 문제를 고민하게 한다.

세상 그 무엇도 형식이 본질에 앞설 수는 없다.

말 거간전

세 사람이 사람 대하는 법과 벗 사귀는 법에 대해 이야기를 나눈다. 마음을 있는 그대로 보여 주지 않고 상대의 기분이나 주변의 정황을 헤아려 어떻게 하는 것이 자신에게 이득이 될지를 생각한다. 그래서 때로는 딴청을 부리고 때로는 변죽을 울리고 때로는 자기 마음을 속이기도 한다. 이것이 이들이 말하는 세속의 사귐이다. 나아가 충성과 의리마저 가난하고 천한 사람들이 누군가에게 무엇인가 얻어 내려는 속셈에서 나온 것이라고 말하는 장면에 이르러서는, 도덕과 의리를 숭상한다는 양반들이 실은 아첨과 술수를 일삼는 말 거간꾼과 다를 바 없음이 드러난다.

예덕 선생전

스승이 마을 허드렛일을 하는 천민 엄 행수와 벗하려 하자 그것이 못마땅한 제자가 그만 스승의 문하를 떠나겠다고 한다. 그러자 스승은 벗을 마음으로 사귀는 법을 가르쳐 준다.

엄 행수는 다른 사람의 시선에 아랑곳하지 않은 채 묵묵히 자기 일을 하는 사람이다. 남을 시샘하는 법도 없다. 그가 하는 일이란 남의 집 뒷간에서 똥거름을 쳐다 날라 밭을 기름지게 하고 작물을 풍성하게 만드는 일이다. 엄 행수는 그야말로 자신을 드러내지 않은 채 타고난 분수에 만족하며 세상에 이로운 일을 하는 사람이다.

연암은 자기들끼리만 어울리려는 양반들, 조금만 형편이 어려워도 궁한 기색을 드러내거나 출세와 일신의 안위에만 급급한 선비들을 꾸짖고 있다. 엄행수는 비록 보잘것없어 보이지만 마음속에 높은 덕을 지닌 사람이다. 겉으로 사람을 평가해서는 안 된다. 그 속의 마음을 볼 수 있어야 한다. 그렇게 마음으로 사귄 벗이 참된 벗이다.

민 노인전

민 노인은 평생을 벽에다 자기가 이루고자 하는 바를 적으며 살았으나 세상이 알아주지 않아 뜻을 이루지 못한 인물이다. 민 노인은 사물과 정황을 새로운 눈으로 보고 이치에 맞게 풀어내는 능력을 지닌 재치 있는 변론가이며 그의 말에는 시대에 대한 풍자가 녹아 있다. 들판에서 곡식의 씨를 없애는 황충보다 해로운 사람들이 거리마다 가득하다는 그의 말은 우리를 돌아보게 한다.

양반전

한 양반이 꿔다 먹은 환곡 천 석을 갚지 못해 전전긍긍한다. 밤낮 울기만 할 뿐 어쩔 줄을 몰라 하는 무능한 남편을 향해 아내마저 '한 푼 값도 못 되는' 양반이라 타박한다. 양반이라고 다 같은 양반이 아니었다. 조선 후기에 이르면 부와 권력을 독점한 양반들의 세력이 점점 커지는 반면, 정계에서 소외되었거나 경제적으로 몰락한 양반들도 늘어난다. 그런가 하면 상공업이 발달하면서 부를 쌓은 농상공인들은 양반 신분을 사서 억울한 핍박을 피하고자 했다.

이런 상황은 조선 후기 신분제 동요의 큰 원인 중 하나로 작용했는데, 연암은 바로 양반 신분을 사고파는 장면에 주목하여 양반의 허식과 그들이 누리던 불합리한 특권을 고발한다.

첫 번째 매매 증서에는 양반이 해야 하는 일과 해서는 안 되는 일이 끝도 없이 나열되어 있는데, 이것은 무위도식하는 양반의 비생산성과 허례허식에 대한 연암의 비판 의식을 보여 준다.

두 번째 매매 증서에는 양반이 누릴 수 있는 특권이 나열되어 있다. 정작 자신은 밭도 갈지 않고 장사도 하지 않으면서 이웃집 소나 이웃 백성을 함부로 부리고 괴롭힌들 아무도 제제하지 못한다. 이 같은 행태를 '도적질'이라 일갈한 부자의 말은 곧 연암의 생각이다.

김 신선전

연암은 방경각외전 머리말에 김 신선을 '큰 은사로서 방랑 생활을 하며 숨어 살고 있는' 사람이라 썼다. 그렇다면 '김 신선'은 신선이 아니라 사람이다. 연암은 소문만 무성한 김 신선의 발자취를 추적하는 과정을 통해 신선이란 신비로운 존재가 아니며 그저 산에서 사는, 또는 한곳에 머물지 않고 선뜻선뜻 가볍게 움직이는 '사람'임을 밝힌다.

이를 통해 연암은 양반들의 비현실적인 세계관을 비판하고 있다.

광문자전

조선 후기 실학자들은 조선의 부흥을 위해 인습적인 양반 세습제, 과거 제도, 노비 제도 등을 개혁하여 신분이 아닌 능력에 따라 훌륭한 인재를 선발해야 한다고 주장했다. 연암 또한 무위도식하며 허례허식에 빠져 있는 양반 사회의 무능함을 비판하는 한편으로 신분이 낮은 사람들에게 애정을 주고 그들에게서 사람이 가져야 할 도리를 찾았다.

광문의 신분은 거지다. 이덕무, 백동수 같은 서얼들과 거리낌 없이 교류해 온 연암의 눈이 천민에까지 닿고 있다.

광문은 따뜻하다. 자신을 내쫓은 무리를 찾아가 몰래 동료의 장례를 치러준다. 광문은 정직하며 의리 있다. 도둑으로 의심 받으면서도 묵묵히 제 할 일을 할 뿐이다. 광문은 탐욕스럽지 않고 소탈하다. 쓸데없는 재물욕을 부리지 않는다. 광문은 평등하여 남녀가 다르지 않다고 생각한다. 스스로 바라지는 않았으나 그 명성이 세상에 자자했고 그 때문에 귀양살이를 하게 된다.

연암은 방경각외전 머리말에서 '광문은 구차한 비렁뱅이인데 실제보다 명성이 지나쳤다. 제 이름이 자자해지기를 좋아하지 않았지만 마지막에는 형벌을 면치 못하고 말았다. 하물며 이름을 훔치고 도적질하고 또 가짜를 위하여 다투는 것이겠는가?'라며 광문의 이야기를 들어, 헛된 욕망으로 출세하고자 하며 당파 싸움에 매몰된 양반들을 꾸짖고 있다.

우상전

역관 우상 이언진은 붓끝으로 일본을 들었다 놓았다. 연암은, 우상의 활약상을 늘어놓으며 그의 글재주를 칭찬할 뿐 아니라 한다하는 양반 벼슬아치들이 바로 세우지 못한 조선의 국격을 우상이 바로 세웠다고 치켜세운다. 평소 연암은 조선이 피폐해진 원인이 차별적 신분제에 있다고 지적하며 능력에 따라 인재를 선발해야 한다고 주장했다. 연암 또한 명문가 양반이었다는 점을 생각해 보면 이러한 그의 주장이 얼마나 혁신적이며 실질적인지 짐작할 수 있다.

2부 옛것을 배우라 새것을 만들라

옛것을 배우라 새것을 만들라(초정집서)

글을 쓸 때 늘 해 오던 대로 옛것을 고집할 것인가, 법도는 무시한 채 새것을 고집할 것인가? 고전을 중시하는 사람은 새로움을 잊지 말아야 하며 새로움을 추구하는 사람은 뿌리를 잊어서는 안 된다. 죽을 자리에 들어서야 살아나올 수 있다는 배수진을 창안해 낸 한신의 이야기는 변통과 뿌리의 중요성을 잘 말해 준다. 옛것을 따르되 변통할 줄 알아야 하고 새것을 만들되 옛것에 뿌리를 두어야 한다.

이것은 단순한 글쓰기 요령에 그치지 않는다. 우리는 삶의 모든 영역에서 과거에 뿌리를 두고 미래로 나아가야 한다. 이미 지나간 남의 인생을 베끼기만 하며 사는 삶에는 내일이 없다. 그렇다고 밑도 끝도 없이 내일만 바라보는 삶 또한 공허할 뿐이다. 어제의 사색과 내일의 새로움이 오늘의 지혜로 만날 때 삶은 빛을 얻는다.

글은 뜻을 나타내면 그만이다. (공작관문고자서)

좋은 글이란 무엇인가? 진실한 글이다. 기와 조각이나 벽돌처럼 하찮아 보이는 일상의 언어일지라도 그것으로 진실한 뜻을 드러낼 수 있다면 쓰지 않을 이유가 없다. 형식이 다채롭고 미사여구가 춤을 추는 기교 넘치는 글보다 쉽고 편하게 읽히는 글, 소박하지만 진실한 글이 좋은 글이다. 연암은, 글에 담긴 의미보다 형식에 매달리는 사람을 평소와 달리 한껏 치장하고 화가 앞에 선 사람에 빗대었다. 어찌 글만 그렇겠는가.

뒷동산 까마귀는 무슨 빛깔인고(능양시집서)

사물의 양상은 우리가 전부 인지하지 못할 정도로 다채롭다. 그러니 짧은 지식으로 무언가를 함부로 단정하고 재단하려 해서는 안 된다. 그러나 세상 사람들은 하얀 백로만 알던 좁은 생각에 빠져 검은 까마귀를 비웃고, 다리 짧은 오리만 알던 좁은 생각에 사로잡혀 긴 다리를 가진 학을 보고는 위태롭다고 걱정한다.

짧은 지식과 섣부른 판단은 이처럼 위험하다. 그러니 면밀한 관찰과 깊은 생각이 필요하다. 하나의 시 형식에 얽매이지 않고 자유분방한 시체를 보여주는 연암의 조카처럼 다양한 눈으로 늘 새롭게 볼 수 있는 열린 사고를 지녀야 한다. 연암은 이렇게 배움이 짧아 사물을 자기 생각만으로 단정하는 어리석은 태도를 지적하고 있다.

제 몸을 해치는 것은 제 몸속에 있으니(이존당기)

제 몸을 보존하기 위해 사물에 의지해 숨어 사는 행위는 어리석다. 술에 의지해 정신을 흐리게 만드는 것도 현실 회피일 뿐 문제를 해결하는 바른 방법이 아니다. 문제는 바깥이 아닌 자기 안에 있다. 그러니 자기 마음을 잘 다스려 흔들리지 말아야 한다. 술을 마시면 말실수가 잦아 사람들에게 손가락질받던 장중거가 사람들을 피해 두문불출하자 연암이 건넨 충고다.

욕망을 누르고 예의를 따르고 행동거지를 절제할 때, 보지 말아야 할 것에 눈을 주지 말고 듣지 말아야 할 일에 귀 기울이지 말며 뱉지 말아야 할 일을 입에 담지 말고 온당하지 않은 일을 마음에 두지 않을 때, 비로소 나를 둘러싼 사람들과 온전한 관계를 유지하고 자기 몸을 보존할 수 있다.

겨울 눈 속 대나무(불이당기)

그림은 육체의 눈으로만 보는 것이 아니라 마음의 눈으로도 보는 것이다. 눈에 보인다고 존재하는 것이 아니며 보이지 않는다고 존재하지 않는 것이 아니다.

흑산도 유배지의 엄혹한 환경 속에서 임금을 향한 그리움에 사무치는 이공보가 참된 대나무의 모습이지만, 서리들이 무작정 베낀 그림은 진정한 대나무의 모습이 아니다. 선비의 절의는 보이는 데 있지 않고 보이지 않는 데에 있으며 안락 속에 있지 않고 시련 속에 있다. 그러니 대나무 한 그루 찾아볼 길 없는 사함의 집에도 대나무처럼 곧은 정신은 있을 수 있지 않을까?

연암은 대나무를 사랑하여 스스로를 죽원옹이라 이름 붙인 사함에게 가벼운 농담을 던지면서도 대나무의 올곧음을 기대하고 있다.

나를 비워 남을 들이네(소완정기)

글을 완상하는 일은 전체를 보되 마음을 다하여 그 뜻을 깨우치는 것인데, 그러기 위해서는 무언가를 받아들일 마음의 빈자리를 만들어 두어야 한다. 유리창이 투명해야 빛을 받아들일 수 있듯이 마음에도 빈자리를 남겨 두어야 남의 글을 내 안에 받아들여 이치를 깨우칠 수 있다. 무조건 많이 읽고 열심히 외운다고 깨달음을 얻을 수 있는 것이 아니다. 글은 눈으로 보고 마음으로 읽는 것이다.

나를 비우는 일, 남의 말을 내 안에 들여 놓을 자리를 마련하는 일, 그것은 상대를 이해하고 그의 말을 경청하겠다는 배움과 존중의 자세요, 서로 어울려 조화롭게 살아가겠다는 화해와 공존의 공동체 정신이다. 비워야 채울 수 있다.

3부 나는 껄껄 선생이라오

나는 껄껄 선생이라오(답대구판서이후서형론진정서)

연암은 근심에 싸여 있는 다른 고을 원에게, 견디기 어려운 고단한 현실을 무작정 참고 지내지 말고 고을의 원으로서 할 수 있는 일, 예를 들면 굶주린 백성을 구하는 일에서 기쁨을 찾으며 즐겁게 살아야 한다고 조언한다.

과거제 하나뿐인 편협한 인재 등용 제도의 문제점을 지적하고 무능하고 부패한 관리들을 비판하면서도 굶주린 백성을 구제하는 일에서나마 고을 원으로서 본분을 다할 수 있어 기쁘다며 껄껄거리는 연암의 웃음이 씁쓸하다. 연암이 스스로를 껄껄 선생이라고 한 것은 분명 즐거워서가 아니다. 참을 인자를 백 번이나 썼다는 장공예처럼 그저 참을 수밖에 없어서다. 굶어 죽을 지경에 이른 백성들이 줄지어 선 모습을 보면서 어찌할 수 없는 현실에 그저 웃을 수밖에 없었던 것이다.

나더러 오랑캐라 하니(답이중존서 일),

열하일기에 아직도 시비라니(답이중존서 이)

연암이 안의현감 시절 학창의를 입고 청나라에서 배운 벽돌로 전각을 짓자 오랑캐의 습속을 따르는 것이라고 비난하는 이들이 있었다. 연암은 꿈에 중을 보면 문둥이가 된다는 속담을 들어 이들이 쓸데없이 엉뚱한 생각을 한다고 대수롭지 않게 넘겨 버렸다. 그런데도 연암이 《열하일기》에서 청의 연호를 사용한 사실을 두고 시비를 걸고 연암을 오랑캐라 비난하는 이들이 있었다. 《열하일기》가 세상에 나온 지 20년이나 지난 뒤였다.

그들에게 연암은 이렇게 말한다. 청의 연호는 사실상 청의 지배 아래에 있는 나라 형편상 쓰지 않으면 안 되는 어쩔 수 없는 선택이었다고. 지금은 오랑캐가 지배하는 나라지만 중국의 훌륭한 제도와 문화는 면면히 이어져 내려오고 있으므로 오랑캐라 하여 청과 척을 져서는 안 된다고. 연암은 전통이라고 해서 명분과 의리라고 해서 무턱대고 따르지 않았다. 그에게는 실질을 생각하고 조선의 발전을 도모하는 일이 고루하고 편협한 명분에 사로잡혀 실속 없는 논쟁에 휘말리는 일보다 훨씬 소중했다.

도로 네 눈을 감아라(답창애지이)

이 글은 의고주의자였던 창애 유한준의 편지에 대한 답장이다. 의고주의란 당송 고문에 반대하여 진한 이전의 문체로 돌아가자는 생각을 이른다. 다시 말해 옛것을 숭배하여 그대로 모방하는 예술 경향을 가리킨다. 이것은 실질과 현실을 중시하고 고전에 바탕을 두되 새로워져야 한다고 주장했던 연암으로서는 도무지 받아들이기 어려운 생각이었다.

연암은 형식에 현혹되거나 무턱대고 남의 글을 따라하려 하지 말고 자신이 누구인지 자기의 생각이 무엇인지를 먼저 찾으라고 충고한다. 이름뿐인 어제의 대의와 명분에 사로잡혀 도탄에 빠진 오늘의 백성들을 보지 못하는 지배층에 대한 비판이 짧은 일화에 압축되어 있다.

나의 벗 홍대용(홍덕보묘지명)

홍대용은 청나라에서 구구단을 들여온 실학자다. 연암이 가난했던 시절, 영천 군수로 있던 홍대용은 연암에게 소와 공책과 돈을 보내 주며 돕기도 했다. 홍대용은 노모를 모시겠다는 핑계를 대고 고향으로 내려갔는데, 홍대용이 죽자 연암은 그 곁을 지켰고 음악을 끊을 정도로 슬퍼했다. 둘은 다시없을 벗이었다.

연암은 중국에 가는 이에게 부탁해 중국에 있는 홍대용의 벗에게 그의 죽음을 알린다. 그리고 홍대용의 관 앞에서 울부짖으며, 천문학과 수학에 능통하여 여러 관측기구들을 만들었으며, 지동설을 주장했고, 과거 공부에는 곁눈을 주지 않았으며, 음악을 사랑한 덕망 높은 사람이자 중국 명사들이 존경하는 뛰어난 학자였던 홍대용이 세상을 떠난 것을 안타까워한다.

만남 5

연암 산문집

청소년들아, 연암을 만나자

2025년 3월 31일 1판 1쇄 펴냄

글쓴이 박지원 | **옮긴이** 홍기문
다시쓴 이 박종오 | **표지 그림** 홍선주

편집 김누리, 김성재, 이경희, 임헌, 천승희
디자인 이종희 | **제작** 심준엽
영업마케팅 심규완, 양병희, 윤민영 | **영업관리** 안명선
새사업부 조서연 | **경영지원실** 신종호, 차수민
인쇄와 제본 ㈜상지사 P&B

펴낸이 유문숙 | **펴낸 곳** ㈜도서출판 보리
출판등록 1991년 8월 6일 제9-279호
주소 (10881) 경기도 파주시 직지길 492
전화 031-955-3535 | 전송 031-950-9501
누리집 www.boribook.com | **전자우편** bori@boribook.com

© 보리, 2025

이 책의 내용을 쓰고자 할 때는, 저작권자와 출판사의 허락을 받아야 합니다.
잘못된 책은 바꾸어 드립니다.
값 15,000원

보리는 나무 한 그루를 베어 낼 가치가 있는지 생각하며 책을 만듭니다.

ISBN 979-11-6314-404-5 44810
ISBN 978-89-8428-629-0 (세트)